BACCHANALE
CHEZ LA MÈRE TATZI

DU MÊME AUTEUR

Dans la même collection :

Laissez tomber la fille.
Les souris ont la peau tendre.
Mes hommages à la donzelle.
Du plomb dans les tripes.
Des dragées sans baptême.
Des clientes pour la morgue.
Descendez-le à la prochaine.
Passez-moi la Joconde.
Sérénade pour une souris défunte.
Rue des Macchabées.
Bas les pattes.
Deuil express.
J'ai bien l'honneur de vous buter.
C'est mort et ça ne sait pas.
Messieurs les hommes.
Du mouron à se faire.
Le fil à couper le beurre.
Fais gaffe à tes os.
A tue... et à toi.
Ça tourne au vinaigre.
Les doigts dans le nez.
Au suivant de ces messieurs.
Des gueules d'enterrement.
Les anges se font plumer.
La tombola des voyous.
J'ai peur des mouches.
Le secret de Polichinelle.
Du poulet au menu.
Tu vas trinquer, San-Antonio.
En long, en large et en travers.
La vérité en salade.
Prenez-en de la graine.
On t'enverra du monde.
San-Antonio met le paquet.
Entre la vie et la morgue.
Tout le plaisir est pour moi.
Du sirop pour les guêpes.
Du brut pour les brutes.
J'suis comme ça.
San-Antonio renvoie la balle.
Berceuse pour Bérurier.
Ne mangez pas la consigne.
La fin des haricots.
Y a bon, San-Antonio.
De « A » jusqu'à « Z ».
San-Antonio chez les Mac.
Fleur de nave vinaigrette.
Ménage tes méninges.
Le loup habillé en grand-mère.
San-Antonio chez les « gones ».
San-Antonio polka.
En peignant la girafe.
Le coup du père François.
Le gala des emplumés.
Votez Bérurier.
Bérurier au sérail.
La rate au court-bouillon.
Vas-y Béru !
Tango chinetoque.
Salut, mon pope !
Mange et tais-toi.
Faut être logique.
Y a de l'action !
Béru contre San-Antonio.
L'archipel des Malotrus.
Zéro pour la question.
Bravo, docteur Béru.
Viva Bertaga.
Un éléphant, ça trompe.
Faut-il vous l'envelopper ?
En avant la moujik.
Ma langue au Chah.
Ça mange pas de pain.
N'en jetez plus !
Moi, vous me connaissez ?
Emballage cadeau.

Appelez-moi, chérie.
T'es beau, tu sais !
Ça ne s'invente pas !
J'ai essayé : on peut !
Un os dans la noce.
Les prédictions de Nostrabérus.
Mets ton doigt où j'ai mon doigt.
Si, signore.
Maman, les petits bateaux.
La vie privée de Walter Klozett.
Dis bonjour à la dame.
Certaines l'aiment chauve.
Concerto pour porte-jarretelles.
Sucette boulevard.
Remets ton slip, gondolier.
Chérie, passe-moi tes microbes !
Une banane dans l'oreille.
Hue, dada !
Vol au-dessus d'un lit de cocu.
Si ma tante en avait.
Fais-moi des choses.
Viens avec ton cierge.
Mon culte sur la commode.
Tire-m'en deux, c'est pour offrir.
A prendre ou à lécher.
Baise-ball à La Baule.
Meurs pas, on a du monde.
Tarte à la crème story.
On liquide et on s'en va.
Champagne pour tout le monde !
Réglez-lui son compte !
La pute enchantée.
Bouge ton pied que je voie la mer.
L'année de la moule.
Du bois dont on fait les pipes.
Va donc m'attendre chez Plumeau.
Morpions Circus.
Remouille-moi la compresse.
Si maman me voyait !
Des gonzesses comme s'il en pleuvait.
Les deux oreilles et la queue.
Pleins feux sur le tutu.
Laissez pousser les asperges.
Poison d'Avril, ou la vie sexuelle de Lili Pute.

Hors série :

L'Histoire de France.
Le standinge.
Béru et ces dames.
Les vacances de Bérurier.
Béru-Béru.
La sexualité.
Les Con.
Les mots en épingle de San-Antonio.
Si « Queue-d'âne » m'était conté.
Les confessions de l'Ange noir.
Y a-t-il un Français dans la salle ?
Les clés du pouvoir sont dans la boîte à gants.
Les aventures galantes de Bérurier.

Œuvres complètes :

Vingt et un tomes déjà parus.

SAN-ANTONIO

BACCHANALE CHEZ LA MÈRE TATZI

ROMAN

ÉDITIONS FLEUVE NOIR
6, rue Garancière - PARIS VIe

ISBN 2-265-03023-6

A Alexandre LICHAN,
mon héraut préféré.

SAN-A.

1
LE BLANC DE L'ŒUF

FIRST

Il se trouvait à la limite du hors-jeu, Amadeus ; à peine conscient et si maigre qu'à côté de lui, un squelette hindou aurait ressemblé à Oliver Hardy. Un peu nécrosé sur les bords, l'artiste. La mort ne perdait pas de temps et faisait le ménage. Sa peau avait cette pâleur verdâtre des toiles de la Renaissance représentant Jésus au tombeau. Il gisait, menu, à peine présent, sur son lit d'hôpital, l'œil mi-clos, les lèvres retroussées sur des dents jaunes qui n'en finissaient pas.

Le toubib qui m'avait escorté jusqu'à sa couche me le désigna d'un mouvement de menton très saint-cyrien et eut une grimace qui en disait long sur l'état du malade. Moi, le jour où un médecin fera ça au-dessus de ma carcasse, je pigerai que le moment de me laver les pinceaux pour comparaître devant mon Créateur est arrivé. Avisant une chaise de fer dont la peinture blanche s'écaillait, je lui confias aussitôt cette partie de moi-même qui est le sosie du duc de Bordeaux.

Le docteur, un jeune interne ressemblant à Delon et qui devait se respirer toutes les infirmières comestibles de l'établissement, semblait vouloir assister à cette entrevue historique ; mais, fort heureusement, le « bip-bip » qu'il portait dans la poche supérieure de sa blouse se mit à lui jouer « Reviens, veux-tu », et il s'éloigna à regret.

Amadeus, ainsi surnommé parce qu'il était considéré comme le Mozart du meurtre, respirait du bout des poumons, sans avoir l'air d'y toucher. Je me dis qu'avec la meilleure volonté du monde, il ne pourrait pas voter aux prochaines législatives ; d'abord parce que ses droits civiques lui avaient été retirés depuis lulure, ensuite parce qu'il serait tellement clamsé à ce moment-là qu'en comparaison, l'obélisque de la Concorde semblerait plus frétillant que lui.

— Amadeus, je lui balbutias dans les cages à miel.

Il fit un effort et souleva ses paupières d'un demi-centimètre. Le bout de regard qui apparut était blanc comme du yaourt.

— Comment te sens-tu, mec ? lui demandas-je.

Il y eut un temps mort réclamé par l'arbitre, et puis il risqua une remise en jeu, mais le cœur n'y était pas.

— Mal, balbutia le pauvre gazier.

Et, malgré que ce fût la pire vermine jamais engendrée par un couple d'humains, je le crus sur parole.

— Je suis le commissaire San-Antonio ; ça te dit quelque chose ?

Il émit un balbutiement inaudible. Je penchis mon esgourde sur ses lèvres.

— Redis voir, gars ?

Amadeus eut la force de répéter. Cette fois, je compris ce qu'il disait. C'était « Va te chier », mais il ne laissait pas de blanc entre les mots, réduisant cet excellent conseil à un soupir à peine modulé.

Je ne peux m'empêcher d'éprouver de la sympathie pour les hommes pugnaces. Continuer d'invectiver un flic quand on a un pied dans la tombe et l'autre dans une flaque d'huile de vidange constitue une sorte d'exploit.

Je prisas la main décharnée d'Amadeus et la lui pressis.

Repos mec, lui dis-je, gaspille pas ton énergie en fariboles. Je le sais que t'as des couilles grosses comme deux fois la tronche à Canuet. Et je sais aussi que si tu avais encore la force de passer les miennes dans un mixer Rotary tu le ferais. Mais écoute ce que je vais te bonnir avant de m'envoyer aux bains turcs, mon drôlet. C'est pas exactement un bourreman qui vient te chancetiquer le pré-coma, essaie de bien me suivre sans m'interrompre.

Je gardis sa main dans la mienne. Elle était froide et sans réaction comme une patte de poulet sectionnée. J'eus la prétention d'espérer que ma dextre lui procurait un quelconque sentiment de réconfort. Evidemment, on meurt toujours pour soi seul, mais l'assistance d'un gonze provisoirement vivant t'aide quelque part à te résigner, enfin je vois les choses comme ça, et peut-être que je me goure. Tout ça appartient au grand mystère dans lequel nous barbotons.

— Amadeus, je lui dis-je, t'as liquidé davantage de pèlerins, au cours de ta carrière, que la peste de Londres de 1655. T'as été un flingueur d'élite de classe internationale; même les Ricains ou les mafiosi les plus endurcis ne t'ont pas fait la pige. T'avais la gâchette d'or, comme d'autres ont la main d'or, grand. S'il fallait inscrire le nom de toutes tes victimes sur une pierre tombale, celle-ci serait grande comme la piste principale de Roissy-Charles-de-Gaulle. Tu peux canner peinard, t'auras laissé une œuvre.

Une légère contraction de sa joue me donne à penser qu'il sourit. Même en partance, l'homme aime à entendre célébrer ses exploits. Mes louanges stoppent un court instant son refroidissement.

— Amadeus, je repris-je, il y a cinq piges, t'as rempli un contrat sur la personne d'un gusman du milieu hollandais surnommé Karol le Pieux, une espèce de trafiquant tout terrain de haut niveau. Il avait pignon sur rue à Amsterdam et possédait en

Province un mas immense dans la région des Baux où il cultivait la vigne et l'olivier. C'est probablement dans cette région que tu lui as fait sa fête, mais comme son corps n'a jamais été retrouvé, on manque de précisions. Pour tout te dire, c'est à cause de lui que je te rends visite, gars. Un élément nouveau fait que nous avons absolument besoin de sa carcasse.

Amadeus ne réagit pas. Ses paupières se sont refermées. Si ce n'était son souffle ténu, on pourrait croire qu'il est allé rejoindre ses victimes.

M'est avis que je me suis fait des berlues sérieuses en escomptant que l'artiste s'affalerait en moins de jouge. Pour qu'il en croque, ça va être coton. Mais ma ténacité est sans limites, tu le sais ?

— Je ne suis pas ici pour te jouer de la flûte de Pan, mon pote. T'es tombé l'an passé en refroidissant un banquier suisse venu faire des galipettes chez nous et tu t'es ramassé un sapement carabiné : perpète, ce qui, compte tenu de ton bilan, n'est pas chérot. Et puis, tout de suite, t'as le crabe qui s'est mis à te bouffer le foie et ta détention se limitera donc à quelques mois, ce qui veut dire que t'as du fion dans ton malheur : les perdreaux t'embastillent, mais le Bon Dieu te libère ; quand on y réfléchit, t'es gagnant, non ?

Nouveau sourire imperceptible d'Amadeus.

— Tu sais pourquoi il nous faut les restes de Karol le Pieux, bonhomme ? Parce qu'on vient d'apprendre qu'il ne se contentait pas de trafiquer dans le caillou et la schnouf, mais qu'il s'occupait aussi d'espionnage. Un petit malin qui vient de se faire repasser nous en a appris long comme l'autoroute du Soleil sur ses agissements. Karol le Pieux avait sur lui, au moment de son trépas, un certain quelque chose d'une importance capitale pour la France. Il faut qu'on mette la main sur cette babiole, l'ami. Je me trouve à ton chevet après être parti du principe qu'un tueur à gages peut très bien conserver des notions de patriotisme. Quand t'es passé aux assiettes, ton débarbot a mentionné ton héroïsme au cours de la guerre d'Algérie. Conclusion, tu dois garder quelque considération pour l'amère patrie, non ? T'es pas un type de nulle part, Amadeus : t'es français. Je veux pas te chambrer avec des vannes de rédemption et toutim, mais enfin, merde, tu ferais un geste pour ton pays, avant de crever, ç'aurait un bout d'allure, non ?

Il parvient à déplacer légèrement sa tête pour me faire face. Son regard est battu, délavé, mais empreint d'une brillance exprimant la volonté.

— Tu l'as dans le cul, mon flic, murmure l'équarrisseur. Et je n'y peux rien.

Il tente d'avaler sa salive, mais comme il ne lui en reste plus, il se contente de simulacrer.

— Ton Batave, poursuit-il, quand je lui ai eu farci la cervelle, je suis allé l'enterrer dans le Val d'Argent.

— Bon, et alors, pourquoi l'ai-je dans le cul ?

— T'as pas entendu causer du barrage de Val d'Argent ? Ils l'ont mis en eau deux semaines après que j'eus escamoté ce pèlerin. A l'heure qu'il est, il doit avoir cent mètres de flotte et davantage sur le bide, le Hollandais.

La déception me fripe les bourses.

Amadeus puise dans ma physionomie un regain d'allégresse.

— C'était pensé, non ? fait-il.

— Parce que tu savais qu'on allait noyer ce paysage ?

— Bédame !

— Dis-moi toujours à quel endroit tu l'as placardé...

— Si ça peut te faire plaisir, commissaire de mes fesses... Il y avait, tout au fond du vallon, une petite chapelle en ruine. J'ai pensé que pour un mec qu'on surnomme « le Pieux », c'était une sépulture bandante, d'accord ? Karol se trouve juste sous l'autel.

Il referme les yeux et se laisse gésir sur sa couche.

— Merci de ta visite, soupire l'agonisant, tu m'excuseras, mais je veux clamser à tête reposée ; bonne bourre, flic !

*
* *

Ce qui s'appelle avoir le mot de la fin.

SECOND

On n'y voit que du glauque. De plus, il flotte, et la surface du lac artificiel résultant du barrage ressemble à de la peau d'autruche (à ne pas confondre avec la peau d'Autriche qui, elle, du fait du Tyrol, est beaucoup plus hérissée).

De grosses bulles éclatent près de ma barque de fer. L'homme-grenouille assis en face de moi reprend souffle selon une méthode respiratoire particulière qui consiste à faire comme ça, tu vois ? Hee... han, heee... han !

— Vous êtes certain qu'il s'agit d'une chapelle ? je lui demandé-je, sans pitié pour sa suffocation.

— Absolument.

J'étudie la vieille carte d'état-major mentionnant la chapelle en question. Curieux, un paysage englouti. Jadis, des hommes et des bêtes ont vécu là, des arbres y ont poussé, une rivière y coulait où s'abreuvaient les oiseaux. Et maintenant on ne distingue plus rien de cette vie bucolique. A la place, un formidable réservoir d'eau jaunasse, générateur d'électricité. Les hommes ont dit merde à Dieu. A sa création ils ont imposé la leur. Et ainsi, peu à peu, ils s'emparent de la planète, puis du cosmos, les affreux pique-assiette. Ils se mouchent dans la nappe, mettent les pieds sur la table, se chauffent avec le bois de la commode Louis-Chose, défèquent sur les Chiraz (à ne pas confondre avec les Chirac dont le poil est plus plat). Qu'à force de la bricoler, cette pauvre planète Terre, tu vas voir, Gaspard ! Elle te leur claquera dans les pognes, kif un ballon rouge : ploum ! Et il pleuvra des petits bonshommes sidérés dans les espaces intersidéraux, comme sur les toiles de Magritte ! Je me marre d'avance !

— Elle est à quelle profondeur ? reprends-je, pensant à la chapelle.

— Quatre-vingt-six mètres.

— L'accès ?

— Pas commode, car des pans de mur se sont écroulés au moment où l'eau a commencé de monter.

Il me désigne la grappe de bulles foisonnant à deux mètres de nous.

— Mais, Arthur, c'est le bulldozer des profondeurs, faites-lui confiance.

Bérurier qui somnolait sous son suroît de Terreneuvas, se décloaque la clape pour annoncer :

— S'il faudra, je descendrerai y donner un coup de main. Y a deux ans, moi et mon beauf, on a démoli une vieille grange dont il a r'construit une villa d'deux pièces en ses lieux et place.

Le silence retombe sur notre équipée, à peine troublé par le crépitement de la pluie. Les bulles continuent de mousser. Je songe qu'il s'agit du gaz carbonique rejeté par le second homme-grenouille. Elles témoignent qu'il continue de vivre au-dessous de nous et de vadrouiller dans l'ancien paysage. Vachement surréaliste, tout ça.

Le Gravos a des pensées vaguement apparentées aux miennes puisqu'il déclare :

— Ces bulles, c'est comme les pets qu'tu lâches dans ta baignoire : t'as beau louffer au fond, y r'montent. J'm'rappelle un bain qu'j'avais été obligé d'prendre à la suite d'être tombé dans une cuve à mazout... Ça date, j'sais pas, de dix douze piges, p't'être. La flotte était trop chaude, j'm'en souviens comme si ce s'rait hier. A midi, j'avais bouffé un n'haricot d'mouton et mister trouduc donnait son gala d'bienfaisance. C'tait la première fois qu'j'voiliais un pet, c'qui s'appelle voir, comm'j'te vois. Jusque-là, j'ignorassais qu'c'était rond. J'l'imaginais, l'pet, comme la flamme d'une lampe à souder, si j'me fais bien comprend' ? Eh ben non : c'est rond kif un'boule de billard et presque plus gros. On croirerait pas, un trou d'balle, faire des bulles aussi belles, et sans les casser, j'te prille d'observer. Franch'ment, j'regrette pas ce bain. C'tait instructif. Comm' quoi on croye savoir, et puis on sait pas.

Il se tait parce que le second plongeur se devine entre deux eaux. Son volume sombre, indécis, se précise peu à peu, et puis il jaillit de l'onde, sa bouteille jaune dans le dos. Il nous tend l'espèce de râteau court à trois branches lui ayant servi à déplacer les pierres dans les abysses. Il tient une chose marron dans son autre main. J'identifie une godasse. On l'aide à grimper dans la barque. Le plongeur se débarrasse de son embout et de son masque vitré. C'est le tout bel athlète, modèle Tarzan du muet.

On attend ses explications. Le soulier détrempé, limoneux qui gît dans la barque nous annonce qu'il a découvert le « client » d'Amadeus.

J'attends qu'il ait récupéré un peu avant de lui poser les questions qui me démangent, mais c'est lui qui attaque.

— Peau de balle ! annonce-t-il.

— Vous n'êtes pas parvenu à le dégager ?

— Il ne s'y trouve plus. Sous l'autel, il y a en effet une espèce de grande niche, mais je n'y ai trouvé que cette chaussure.

— Vous avez cherché autour ?

— De mon mieux, oui. Rien !

— L'eau l'aurait emporté ?

— Sûrement pas, car j'ai dû déplacer une chiée de cailloux pour dégager la niche.

Chou blanc !

Je laisse ramer Béru pour regagner la rive. Un faux rivage borde ce faux lac. Une forêt descend abruptement dans la flotte et s'y noie héroïquement. Les moutons de Panurge !

Les plongeurs posent leur peau de squale en devisant boulot. Sa Majesté souque ferme. San-Antonio gamberge, selon sa noble habitude.

Quelqu'un avait déjà tiré les vers du nez à Amadeus pour lui faire dire où il avait planqué le corps de Karol le Pieux. Quelqu'un au courant de ce « contrat » du tueur. C'était donc le secret de Polichinelle ? Tout ce bigntz pour ballepeau ! Butin ? Une godasse, comme dans les dessins humoristiques d'autrefois représentant un pêcheur à la ligne. Je biche le soulier détrempé mais encore en bon état. On peut même lire la marque du fabricant à l'intérieur : « Veston », la pompe de l'élite. Style britiche. A petits trous, semelle renforcée, système à lacet. Et il y a encore le lacet !

Une plombe plus tard, je bigophone à l'hosto où agonise Amadeus. Une infirmière que je salue d'un solide « Bonjour, monsieur », tant tellement elle a une voix de soprano léger, m'annonce, après rectification au sujet de son sexe, que le Mozart de l'assassinat a rendu à Satan sa belle âme. Bon. De ce côté-là, plus rien à espérer.

*
* *

La maison est d'importance. C'est le mas provençal de classe un peu à l'écart de la route allant de Saint-

Rémy à Arles. Il s'appelle le « Mas de la Madone Bleue » et se dresse au milieu des vignes sur une esplanade délimitée par de vénérables platanes. Un court de tennis, une piscine, un potager clos de murs de cannisses en parachèvent l'agrément. Quelques voitures de sport sont remisées à la diable devant l'entrée. On aperçoit des jeunes gens autour de la piscaille et sur le court : garçons et filles légèrement vêtus. Si sobrement, même, que plusieurs demoiselles sont aussi nues que des poulets mis à la broche (et davantage dorées).

Notre venue n'interrompt pas les cris et les rires. Il semblerait plutôt que la personne de Béru augmentât l'intensité de ces derniers.

Un serviteur noir chargé de boissons fraîches dépose son plateau sur une table de jardin pour venir s'enquérir.

— Messieurs ?

Il nous stoppe en roulant des lotos que tu vois les lampadaires de l'allée ? Eh ben, plus gros !

— Police ! je lui chuchote en gardant ma carte au plus creux de ma main, manière de n'effaroucher personne.

Il la visionne et ne peut retenir une grimace comme les grands hépatiques après une tablette de chocolat. A se demander s'il ne va pas se mettre à gerber sur nos lattes.

— Cette propriété appartient toujours à la famille de M. Karol Van Trilöck ? j'interroge.

— Heu... oui.

— A Mme Van Trilöck ?

— Beu... non, à sa fille.

— Elle se trouve ici, présentement ?

— Meu... oui.

— En ce cas, j'aimerais lui parler...

Le serviteur est saboulé tout en blanc, avec des épaulettes d'or et tu croirais un officier de la marine tchadienne. Comment, qu'est-ce que tu dis ? Ah ! y a pas de mer au Tchad ? T'es sûr ? Ben, y a au moins la mer de sable, non ? Et le chameau est bien appelé le vaisseau du désert, si je ne me goure ? Alors ton objection n'est pas recevable, mon pote, je regrette very moche. Le Noir me regarde avec ses yeux blancs (j'ai vu des Blancs avec des yeux noirs) et il finit par hocher la tête comme un qui prend une grande décision. N'ensuite de quoi, il va à une naïade blonde, bronzée presque autant que lui, avec de grands yeux d'azur, si tu vois le genre, et roulée, alors là, roulée au point que les grands sculpteurs de la Renaissance italoche se pisseraient dans le froc de saisissement en la découvrant.

Le valet s'accroupit auprès d'elle pour lui jacter à notre propos. La même reste assise en tailleur, et Dieu sait (puisqu'Il sait tout) que ça porte au sens lorsque la demoiselle est nue, je voudrais pas te faire de dessin, mais t'as qu'à suivre mon regard et la protubérance de mon grimpant.

Le domestique (quel sale mot, à notre époque où l'important c'est la rose) revient et nous prie d'avancer, ce dont nous. Et puis voilà que j'ai cette fabuleuse déesse en prise directe. Blonde en plein ! Quelle merveille ! Comment Karol le Pieux a-t-il pu émettre tant de splendeurs d'un coup de reins ? Si t'as la réponse, tu me l'envoies contre remboursement ; merci.

Impossible de la saluer. Je la dévore, la déguste. J'anticipe, je perpétue, je renoue, j'interfère, je présume, je transcende, me porte parties prenantes, prémonitionne, déliriumtremense. Vois double ! Titube du cervelet. Agonise des glandes. Bien comme il faut.

Elle est d'une beauté angoissante à force qu'elle est trop, comme l'écrivait l'empereur Bokassa à la maman de Marlène Dietrich.

Anormale de beauté, tu comprends ? Ça rejoint le monstrueux, jolie à ce point. Ça fait erreur de la nature. T'as envie de lui en reprendre une partie pour distribuer à Mme Thatcher, à la reine Elizabeth, à la veuve de Tito, à Mme Yourcenar. Tu te sens devenir marxiste devant tant de beauté absolue. Tu prônes la répartition des charmes. Que chaque mochetée du monde touche un petit quelque chose de biutifoul, quoi, merde !

Ointe de crème solaire, elle éclabousse, la môme ! Dans le centre de ses yeux pâles, ça forme un disque très sombre qui va te glatouiller l'en dessous des burnes sans escale. Le fin duvet qui mousse sur son pubis est d'un blond d'or neuf.

— Commissaire San-Antonio, me présenté-je, et voici mon adjoint, l'inspecteur principal Bérurier.

Elle me tend la main. Je presse.

Puis la présente à Béru qui s'en saisit comme un chien errant saute sur un os de gigot. Alors elle tire sec et Mister Gradube bascule dans la piscine pour la plus grande joie de l'assistance en délire.

J'attends que la liesse se soit tassée pour murmurer :

— Savez-vous que cela s'appelle « insulte à magistrat », mademoiselle Van Trilöck ?

— Savez-vous que je m'en fous ? répond-elle du tac au tac. Je ne suis pas allée vous chercher, non plus que ce foutu gros sac qui pue la ménagerie négligée.

Nous observons une minute de silence, manière de préparer une suite logique à des pourparlers si mal commencés. Sa Majesté en profite pour sortir de l'eau par l'échelle chromée réservée à cet usage. Il a la frime hermétique des grands jours. Ses fringues ruisselantes ressemblent à un crépi de boue. Un grand dadais espiègle se précipite sur lui afin de la reflanquer à la sauce. Béru subit sa charge avec calme, la brise d'un coup de genou dans les roupettes du gars, puis termine d'une manchette, et c'est le dadais qui se retrouve à la flotte. Des protestations s'élèvent dans l'assistance. Les trois autres gaziers moulent leurs effets de torse et leurs saillies afin de mettre l'hippopotame à la raison. Un pur régal pour le gros ongulé qui se déclenche avec méthode. Le voir agir est un tout beau spectacle digne des jeux du cirque de la romantique Rome antique. Force et beauté ! Il en biche deux chacun par la nuque et les fait trinquer de la tronche. Braoum ! Au tas, ces petits messieurs ! Quant au troisième, il le fixe d'un tel air que le gars se met à clapoter des mandibules.

Béru lève une jambe et murmure :

— Aide-moi à ôter mes pompes, bout d'homme !

Comme l'autre paraît ne pas comprendre, le Monarque des comptoirs insiste :

— Je compte jusqu'à trois, ensuite, t'as plus d'dents d'devant, mon mec.

Alors l'autre comprend parfaitement que cette menace est pratiquement programmée dans le ciboulot de son terlocuteur et lui arrache sa godasse. Béru lui présente l'autre. Le beau jeune homme la lui enlève également.

— Les chaussettes, maint'nant, Brin d'amour. Soye sans crainte, on est en plein air, t'auras pas b'soin de masque à gaz.

Un silence religieux s'est fait. Ces demoiselles sont fascinées par la lâcheté de leur petit copain ; un minet frisotté avec les tifs longs dans le cou et une boucle d'oreille en diamant pur fruit au lobe droit que ça fait si joli chez un garçon, ça et un sac à main, plus des chaussures à hauts talons, je trouve. Il ôte les chaussettes trouées du Gros.

— Merci, soupire l'Mastard. Somme toute, tu s'rais assez serviab' dans ton genre.

Et le voilà qui se déloque entièrement et étale ses hardes trempées sur les pierres chaudes bordant la piscine. Il se met à loilpé, l'Artiste. Se gratte les meules énergiquement. Sa chopine d'âne joue les balanciers d'horloge. Les donzelles fascinées par ses surdimensions ne la perdent pas de vue et s'abstiennent de ciller afin de conserver à outrance l'incroyable vision dans leurs chères petites rétines.

— Je m'en irerai quand t'est-ce mes fringues elles s'ront secs, prévient le Chibré.

Il choisit un transat rouge et s'y dépose.

— J'croye qu' le noirpiot s'apprêtait à servir des breuvages, fait-il. Si aurait un gorgeon à la traîne, j'sus preneur, biscotte j'voudrais pas risquer d'attraper une génuflexion d'poitrine consécutivement à c'te trempette. De préférence, j'aim'rais du corsé ; tout c'qui fait moins d'45 degrés, j'le laisse aux p'tites filles.

On s'empresse. C'est à qui d'entre elles le servira. Le vrai pacha ! Il raffole. Sa grosse pogne ravaudée erre sur les rondeurs penchées sur son berceau. Ne sait où donner de la dextre et de la prunelle, mon joyeux compère. Il accède à la félicité pure et noble, intégrale. Soleil, eau bleue, filles sublimes, Bacardi...

Comblé, il en redemande :

— Si v's'auriez un p'tit casse-dalle, du genre « moindre-des-choses » : sauciflard à l'ail ou harengs plus ou moins saures, histoire d'm'colmater les brèches, j'vous en saurai un plein pot d'gré ! Surtout pas d'caviar ; je déteste les conserves.

On continue de le choyer. Les garçons ont récupéré et se tiennent à l'écart, silencieux. Leur quatuor déplaît à Sa Majesté.

— Vous n'pourrreriez-t-il pas envoilier vos minables en commissions, les belles : au bureau d'tabac, ou bien poster l'courrier ? Y z'ont des tronches d'cierges qui m'fout'l'cafard !

Pressentant que cet Attila va se remettre en boule si satisfaction ne lui est point accordée, les garçons décident, d'un commun accord, de disputer un match de tennis en double et ils emportent leur désœuvrement à quelques encablures de la piscine. Que ouf !

Je décide de renouer avec la très belle et inchaste demoiselle Van Trilöck la conversation interrompue par les exploits aquatiques du Mammouth.

— On pourrait babiller gentiment, ma ravissantissime ? je lui fais en brûlant le pourpoint.

Son regard est devenu plus avenant.

— Que voulez-vous ?

— Je pense que nous serions mieux à l'écart pour discuter.

— Je n'ai rien à cacher.

— Je vois, dis-je en lorgnant son corps superbe, mais moi, si.

D'une détente, elle se met à la verticale. Seigneur, quelle académie ! Une statue grecque taillée dans du marbre blond !

— Venez !

Tu crois qu'elle passerait un peignoir, tézigue ? Qu'elle mettrait un slip ? Qu'elle placerait sa main devant sa case-trésor ? Rien ! Son impudeur est si totale qu'elle confine à la pureté. A force de trop, ça devient plus rien du tout, comme le dit si pertinemment Gaston Bachelard dans *le Matérialisme rationnel.* Son merveilleux fessier exécute un mouvement ondulatoire tandis qu'elle se dirige vers la maison.

Je lorgne, et mon émotion se fait si intense que j'ai l'impression d'être devenu un soldat soviétique en train de parader sur la Place Rouge (en anglais *The Red Place*).

Très belle demeure au luxe de bon aloi. Crépi blanc épais, tomettes anciennes, meubles haute époque, toiles de Labisse. Mais je veux pas t'emmerder avec des descriptions style *Maison et Jardin,* vu que t'as toujours créché dans un univers néon-formica-acquis-autour-d'un-buffet-campagnard-gratuit et que tu y crécheras jusqu'au moment que t'iras coucouche panier dans ta boîte à dominos capitonnée plastique.

Parfois, je me crève la bague à te fignoler des décors

ultra-superbes, tout ça pour qu'tu confondes une statue romane avec une tour Eiffel en métal doré servant de thermomètre. Avec toi, faut être poli et se taire, polyester ! Mais enfin, je préfère ne pas y penser. Que sinon, mes books, je les écrirais à la craie dans des pissotières pour que tu puisses les lire plus zézaiment.

Et alors, je t'en reviens à la belle jeune fille nue qui me drive en un salon ayant dû servir d'oratoire à son défunt père, dont je te rappelle qu'il était surnommé « le Pieux ». Un immense triptyque du seizième occupe toute la paroi du fond. Un prie-Dieu garni de velours est placé devant le chef-d'œuvre. Et les autres murs sont garnis d'un chemin de croix peints par un naïf.

Pas de meubles, sinon une console supportant quelques livres de prières aux reliures anciennes. Pourtant, cette pièce consacrée à la religion reste gaie, grâce sans doute à ses murs blancs, à l'abondante lumière arrivant du dehors, à son sol recouvert d'une moquette orangée. Certaines gens s'imaginent que Dieu fait un peu triste dans Ses représentations humaines, alors qu'Il est au contraire l'expression du bonheur. S'Il n'existe pas, Il aura réussi le plus grand de Ses miracles : celui d'assurer, peu ou prou, Sa présence dans le cœur de chaque individu sans être ; qu'alors là, crois-moi, c'est coton ; beaucoup plus que s'Il est réellement.

La fille me désigne le prie-Dieu.

— Et vous ? objecté-je, après avoir constaté que c'est là l'unique siège de la pièce (et encore un siège sur lequel on s'assied à genoux, dirait Béru !).

— Moi ? Voilà, regardez !

Elle se place en tailleur sur le tapis de sol. Une manie chez cette fille. A moi l'émoi ! La moelle et moi !

— Je vous écoute ! dit-elle.

J'aimerais bien m'écouter également, et faire ce qui,

spontanément, me vient à l'esprit en passant par mon triangle des Bermudes.

Situation délicate, je te conjure de me croire. Garder son self-control dans une situation telle relève de l'exploit, d'ailleurs Guiness vient de me l'acheter pour son livre des records.

— Il s'agit de votre père, mademoiselle...

— Je m'en doutais un peu.

— Pourquoi ?

— Sachant que vous êtes de la police, je me suis dit qu'il y avait peut-être des éléments nouveaux concernant sa disparition.

— Et vous ne vous êtes pas trompée.

Son visage se tend comme une peau de tambour arrosée de citron (1). Ses yeux se voilent, à défaut de son frifri.

— On sait ce qui lui est arrivé ?

J'opine à bouille que veux-tu.

Ma mine de circonstance lui fait comprendre qu'elle n'a rien de fameux à espérer.

— On a la preuve de... de sa mort ?

— En effet.

A quoi bon te rebeurrer la tartine avec ces espiègleries que tu connais déjà ? Je lui raconte l'aveu du tueur à gages, la plongée dans le lac artificiel, la godasse retrouvée. Je la sors du sac de plastique dans lequel je l'avais enveloppée. Les larmes lui viennent.

— Oui, fait-elle, c'est bien sa chaussure...

Objet inanimé...

Ce croquenot détrempé parle de Karol le Pieux, le ressuscite. Un instant, sa somptueuse fifille retrouve son cher papa englouti.

Je respecte son émotion. Toujours s'incliner devant

(1) San-Antonio est notre plus grand poète astringent.

Claude Mauriac

la douleur de son prochain, surtout quand il s'agit d'une ravissante personne, surtout quand elle est nue, surtout quand elle est assise en tailleur. Oui, mon Sana compatissant. Incline-toi ! Incline-toi bien. C'est chouette, hein ?

Je remets le soulier dans le sac.

— Son assassin est mort, ajouté-je.

— Comment se fait-il qu'on n'ait pas retrouvé le cadavre de mon père ?

Je biaise, ayant une terrible envie de biaiser :

— Puis-je connaître votre prénom, mademoiselle Van Trilöck ?

— Diana. Pourquoi ?

— Pour pouvoir penser à vous plus confortablement par la suite.

Elle sourcille vivement.

Holà ! Du gringue ! Ce flic qui traîne une pompe de son dabe se permet de lui virguler des vannes ! Caisse à dire (ou à savon) !

Je soutiens son regard. On ne fait pas d'hommes laids sans caser des yeux, comme l'a si justement écrit Jacques Borel dans son traité sur *L'embarras gastrique, de Louis XIV à nos jours.*

A moins qu'il ne s'agisse de l'aîné des frères Lissac dans son livre intitulé *Me regarde pas la bouche pleine,* ouvrage avec lequel il a raté le Goncourt et le métro dans la même semaine.

— Vous n'avez pas répondu à ma question, monsieur le policier. Pourquoi n'a-t-on pas retrouvé le corps de mon père ?

Je réfléchis. Faut-il y dire, faut-il pas ?

— Cette pièce est climatisée, observé-je, n'avez-vous pas froid ?

— Il m'arrive de me rouler nue dans la neige après une séance de sauna.

— Vous avez des instincts naturistes ?

— Entre autres.

— Votre maman vit toujours ?

— Elle est morte dans un accident de la route alors que j'avais quatre ans : son amant conduisait comme un pied, ce qu'une Ferrari pardonne mal.

— Vous avez des frères, des sœurs ?

— Non, je suis fille unique.

— Votre père n'ayant pas été déclaré officiellement décédé, vous n'avez donc pu hériter de lui ?

— En effet, mais ses affaires sont gérées par des gens compétents qui continuent d'assurer ma matérielle très largement.

— De quelles « affaires » s'agit-il ?

— Import-export, je crois. Cette question ne m'a jamais passionnée.

— Le siège se trouve à La Haye ?

— Amsterdam.

— Vous pourrez m'en communiquer l'adresse ?

— Je pourrai.

— Comment avez-vous réagi à la disparition de M. Van Trilöck ?

— Mal, mais progressivement. Papa faisait de fréquents voyages dont la durée était variable. Il ne me parlait jamais de ses activités. Il y a cinq ans, j'étais encore pensionnaire dans une institution suisse. J'y ai reçu un jour la visite d'un collaborateur de mon père venu me demander si ce dernier m'avait donné signe de vie récemment car on était sans nouvelles de lui depuis une quizaine. C'est à partir de là que mon angoisse a commencé. Les jours qui ont succédé, j'ai téléphoné soir et matin pour avoir des nouvelles. Au bout d'une semaine, j'ai quitté l'institution afin de me rendre en Hollande. La police néerlandaise avait été prévenue, mais ne savait rien. La police française non plus. Tout ce qu'on est parvenu à établir, c'est que mon père se trouvait à Paris la veille de sa disparition, et que le lendemain il a pris l'avion d'Air Inter pour Marseille. Personne ne l'a revu depuis Marignane. Le temps a passé. J'espérais toujours une lettre, un signe de vie quelconque. Nous avons fait appel à une grosse agence de police privée américaine, mais ça n'a rien donné.

— Qui ça, « nous » ? je demande.

— Le brain-trust de papa et moi. Je m'attendais à une demande de rançon, je la souhaitais de toutes mes forces, car elle m'aurait redonné espoir, mais rien...

Une fois encore ses yeux sont embués.

— Tout à l'heure, lorsque nous nous sommes présentés à vous, vous avez flanqué mon adjoint dans votre piscine, mademoiselle Van Trilöck. Cette grosse blague ne reflète guère votre angoisse. Nous venions enfin vous apporter des révélations, à vous qui dites les avoir attendues dans la plus vive anxiété et, au lieu de m'écouter, vous vous foutez de notre gueule. Ça surprend.

Elle hoche la tête.

— Ça vient de ce que je ne vous ai pas cru, plaide la déesse blonde. Votre gros mec la fout mal, et vous, vous ressemblez à un gigolo.

Merci, ne vous dérangez pas, inutile de nous l'envelopper, on va pas loin ! Je dois pousser une frime déconfite car elle éclate de rire.

— Allons ne m'en veuillez pas, exprime-t-elle. Mais vous savez, des tas de gens se prétendant plus ou moins flics ont tenté de me vendre des tuyaux à propos de mon père, et ce n'étaient que des crapules.

— Vous habitez ici toute l'année ?

— L'été seulement, le reste du temps je demeure à Paris ou à Gstaad.

La belle vie, quoi. Gentille, mais futile, la môme. Je distingue très bien la manœuvre des « associés » de son dabe. Si ça se trouve, ce sont eux qui ont financé l'opération Amadeus. Ils se goinfrent désormais tout leur soûl, en allongeant à Diana de quoi mener une existence dorée. Elle vit avec une cour de branleurs snobs : Gontrand, Matthieu, Barbara, Dorothy et les autres. La fiesta permanente. Les toilettes, les tires décapotables, les parties. Le big marathon de la désœuvrance ! Ç'ui qui en fait le moins a gagné un transat !

— Puis-je vous demander votre âge ?

— Vingt-deux, pourquoi ?

— Ces gens bien qui s'occupent de vos affaires ne vous causent pas d'inquiétude concernant l'avenir ?

Elle fronce le nez et retrousse sa lèvre supérieure. Tu la verrais ainsi, choucarde, t'en boufferais !

— Comment cela ?

— Le décès de votre père va être établi, bien qu'on n'ait pas encore retrouvé son corps. Peut-être alors vous fraudra-t-il prendre en charge votre héritage, vous ne croyez pas ?

— C'est un conseil ? demande-t-elle, la voix déjà acerbe.

— Oui, et excellent, chère Diana. Si vous laissez flotter les rubans pour entretenir un ramassis de parasites du genre de ceux qui se font dorer la paresse autour de votre piscine, vous risquez de grossir avant longtemps la masse des demandeurs d'emploi. Ne me répondez surtout pas que cela ne me regarde pas : je le sais. Si je vous parle de la sorte, c'est parce que je vous trouve foncièrement à mon goût et que j'aimerais pouvoir vous aider, ne serait-ce que d'un conseil.

J'abandonne le prie-Dieu.

— Tenez, ma jolie, voici ma carte avec mon adresse personnelle. Comme vous n'avez pas de poches (y compris sous les yeux), je la place à l'intérieur de cette bible ; peut-être serez-vous amenée à l'utiliser le cas échéant (pas la bible : mon adresse).

Elle se relève sans prendre la main obligeante que je lui tends ; ce qui est insultant, comme on disait au

Maroc, mais moi, ce genre d'avanies, tu permets ? Je m'assois dessus.

D'un pas vif, je me dirige vers la piscaille. N'y trouve plus le Gros. M'informe.

L'une des friponnes me désigne les cabines de bain en riant comme une pastèque éclatée. Je vais toquer à l'huis.

— Minute ! rebuffe l'organe du Mammouth, siouplaît, pas d'panique, mes gosses ; bousculez-vous pas au portillon, y en aura pou' tout l'monde !

Intrigué, j'attends. Des gémissements, gloussements, soupirements sortent de l'étroit local. Enfin, on délourde et j'avise l'une des amies de Diana, la chevelure en botte de radis, le regard pendant comme deux petites poires, mais avec, par contre, les loloches en cornes de bison futé.

Elle va en titubant jusqu'au tremplin et pique une tronche dans la flotte.

Le Majestueux s'avance dans l'encadrement.

— Suvante ! égosille-t-il.

Son pote Nestor est à angle droit, plus massif qu'une poutre de cathédrale gothique.

Il me tend un billet de cent francs.

— Si tu voudrais bien m'tiendre ça, m'en prie-t-il, j'sais pas où l'met'.

Une nouvelle jeune personne s'avance, un billet à la main.

— Donnez-y-lui, dit Béru en me désignant, c'est lui l'caissier.

Devant mon ahurissement, il s'explique :

— Ces frêleuses jeunes filles en r'venaient pas de mon chipolata et ont d'mandé d'faire joujou av'c. J'ai accepté qu'oui à condition comme quoi qu'elles dussent verser quéqu' chose pou' la lutte cont' l'cancer ; t'oublierais pas d'envoilier un mandat, grand.

THIRD

— J'aime pas les parloirs, expliqué-je au dirlo de la carluche ; depuis que j'ai eu une petite amie dans la banque, à laquelle je devais déclarer ma flamme à travers les petits trous d'une plaque de plexiglas, je fais une fixation ; vous avez pas un coin pas cher à me proposer pour que je puisse y discuter avec le client en question ?

Mon terlocuteur est un gros chauve qui ressemble à un grand maigre qui aurait perdu du poids et ses cheveux. Il a bouffé des escarguinches à la parisienne car, avec une haleine pareille, jamais Rudolph Valentino n'aurait fait la carrière que tu sais.

— Si vous voulez attendre une vingtaine de minutes, ça va être l'heure de la promenade, vous discuterez dans sa cellule pendant que ses codétenus feront leur jogging.

Ainsi est fait. J'attends en bavardant politique avec le directeur, comme quoi le gouvernement est ce qu'il est et que le prochain sera ce qu'il sera, tout ça, manière de faire avancer l'Histoire en direction des chiottes. On évoque le masque aux dents blanches, le père la Cerise, qui ressemble de plus en plus à Patrick Sébastien, et on parle également de l'autre, là, ç'ui qu'a une Rolleix, tu vois de qui je parle ? Si tu vois pas c'est que t'as mis tes lunettes sans les retirer de leur étui.

Et puis il est l'heure et un chiourmeur bardé de clés me drive jusqu'à la cellote 2016. C'est un luxueux appartement pour quatre détenus, peint dans les tons paille, avec tout là-haut des vitres trop dépolies pour être honnêtes afin d'estomper un peu les barreaux si chers à Madeleine Renaud. Le prévenu qui m'y attend se nomme Raphaël Sein ; c'est un gars à frime d'intello constipé. Il est maigre du bas, et ses yeux de déchiffreur de grimoires flottent entre deux eaux derrière des lunettes à monture d'acier. Ce type, tu le prendrais pour un terroriste un peu branque, genre ceux qui se font éclater dans la braguette la bombe qu'ils sont venus déposer sur ton paillasson. Y a du rêveur chez ce gazier, un côté pas-de-bol assez navrant. Il doit se gourer en libellant un chèque et faire péter l'installation électrique quand il change une ampoule.

Comme on se connaît déjà, il m'adresse un salut respectueux et demeure debout devant la table rabattante où il écrivait à sa vieille mère pour lui expliquer comme quoi il est victime des circonstances.

— Salut, fais-je en lui tendant la main, je ne vous dérange pas ?

Il m'en presse quatre avec l'énergie qu'il déploierait pour déposer un sucre dans sa tasse de verveine.

— J'ai tout mon temps, répond-il avec un poil d'humour.

J'emprunte le tabouret d'un de ses potes et lui désigne le sien.

— A cause de moi, vous allez être niqué de votre promenade, ce matin, Raphaël.

— Vous savez, ça n'est pas une balade en forêt, monsieur le commissaire...

— Votre tuyau était bon, au sujet d'Amadeus, le remercié-je, il a admis les faits.

Le prisonnier acquiesce. Il se tient assis bien droit,

les jambes croisées, les mains nouées sur son genou supérieur, attentif et satisfait.

— Il nous a même indiqué où il avait planqué le cadavre, malheureusement celui-ci avait été enlevé, poursuis-je.

Mimique compatissante de Raphaël Sein. Il conçoit ma déception et se propose même pour la partager.

— Comme un malheur n'arrive jamais seul, Amadeus est décédé hier ; si bien que je n'ai plus que vous pour interlocuteur, mon pauvre ami.

— Je vous ai dit tout ce que je savais, la conversation risque d'être languissante, soupire le détenu.

— Sait-on jamais. La mémoire est comme les fiasques de chianti : il reste toujours quelque chose dans le fond de la bouteille.

— Je crains que la mienne soit vide, monsieur le commissaire.

— Secouons-la, Raphaël, nous verrons bien. Commencez par me répéter vos précédentes déclarations, des fois que vous auriez omis un détail...

T'ai-je précisé qu'il a du sang asiatique, le Raphaël ? Son grand-père avait épousé une Vietnamienne et il lui reste de l'hépatite virale sur la frime. Il n'est pas jaune à proprement parler, mais ses yeux sont largement en amande et sa chevelure noire a cette densité que présentent les tifs des Extrêmorientaux, sans parler des pommettes un peu remontées...

Il y va de sa chanson médiévale, le troubalaise (ou badour, si tu préfères) : il a travaillé pendant douze ans comme chef de section au Laboratoire Excrémentiel de Bois-Sansouaf (78), lequel, comme chacun le sait, est placé directement sous la direction des services secrets français. Raphaël Sein avait été parachuté dans ce laboratoire par le K.K. Boû Din japonais afin d'obtenir un max de renseignements. Il avait, pour contact européen, Karol Van Trilöck, dit le Pieux. C'est à lui qu'il faisait tenir ce qu'il parvenait à détourner du fameux laboratoire. La veille de la mort du Pieux, il lui a remis le décapsuleur tripatouillé d'une tête d'ogive révolutionnaire, invention d'une importance capitale, tu me suis, bouffi ? Le lendemain, Karol disparaissait. Sale béchamelle pour Sein (Raphaël) qui fut sur la sellette et longuement « questionné » (il en a encore des marques aux testicules) par le K.K. Boû Din. On le soupçonnait d'avoir remis le décapsuleur à une autre puissance et d'avoir liquidé Karol. Heureusement pour lui, il produisit le reçu que lui avait remis le Hollandais (1). On le surveilla pendant des mois néanmoins, ce qui l'amena dans un tel état de nervosité que, perdant ses moyens, il commit une imprudence et fut démasqué par le S.C.E. français.

Dans l'intervalle, la section européenne du K.K. Boû Din était parvenue à établir que le tueur à gages Amadeus avait été chargé d'éliminer Karol ; mais comme l'assassin présumé se trouvait en taule pour un autre forfait, il n'était pas possible de l'interroger. Et puis voilà : c'est tout ce qu'il est en mesure de m'apprendre. Bon, faut faire avec.

— Qui avait commandité l'assassinat du Pieux ? insisté-je.

— On ne me l'a pas dit.

Son regard flétri soutient le mien. Me berlure-t-il ? Va-t'en savoir, Edouard !

Je pique son bloc de correspondance pour me visualiser le problème. Toujours se résumer les embrouilles quand on cherche à les clarifier.

J'écris « Raphaël et Karol » au centre de la page. Les entoure d'un rond. Au-dessus je trace K.K. Boû

(1) Il s'agissait d'un ticket de métro de 1re classe recelant un micropoint que Raphaël devait échanger dans un magasin de lingerie féminine affilié au K.K. Boû Din contre cent mille francs suisses.

Din. Et puis, juste à côté je note « Amadeus », et encore plus à droite j'inscris un point d'interrogation. D'une flèche, je joins le point d'interrogation à Amadeus ; d'une seconde je joins Amadeus à Karol. Je trace une croix sur ce dernier.

Me reste à contempler le chef-d'œuvre. C'est ça, l'emmerdant avec les chefs-d'œuvre : quand ils sont terminés, y a plus qu'à les regarder. A rameuter du monde pour exclamer l'à quel point ils sont beaux, bien chefs-d'œuvre de partout, propres en ordre, comme disent les Romands.

Et alors moi, de ce fait, j'examine le mien. Très vite, une question en découle.

— Raphaël, avant sa mort, vous remettiez votre butin à Karol Van Trilöck ; mais après sa disparition, comment procédiez-vous ?

Il cille. Hésitation ? Préparation d'un mensonge ? Je le laisse se décider.

Mon silence renforce ma question, pourrait-on dire. Il devient cuisant.

On perçoit le bruit des détenus dans la cour ; ça me rappelle les récrés de jadis. Ça crie moins fort, c'est pas joyeux, mais l'illuse s'opère pourtant.

— Bon, vous n'avez pas envie d'en parler, soupiré-je. Je pige mal qu'on passe des chiées d'aveux et qu'on se mette à cachotter. Quand on ne dit pas tout, on ne dit rien, mon bon ami.

Il hoche la tête.

— Oui, je sais ; mais...

Il a un geste vague de la main, comme pour dire bonsoir à quelqu'un depuis l'autre côté de la rue. Moi, tu connais mon sens de l'humain ? Cette profonde divination des âmes qui m'a fait surnommer le « Saint Vincent de Paul de Vence de la Rousse ». Un don ! Je devine presque tout, et ce que je ne devine pas, je le pressens.

M'est avis que les réticences du détenu sont d'ordre

privé. Il ne ratiocine pas dans la voie cahotique des aveux par calcul, mais pour un motif que je devine personnel.

Alors, pour l'aider, j'ajoute :

— Regardez-moi au fond des yeux, Raphaël ; nous sommes en tête à tête, je n'enregistre pas vos déclarations. Je m'occupe de cette affaire en marge de mes fonctions officielles, parce que le président de la République, qui veut bien m'honorer de sa confiance comme d'autres furent honorés de Balzac, me l'a demandé. Rien de ce que vous me confierez ne transpirera, je vous en donne ma parole de flic.

Il détourne les yeux because les miens sont plein phare et que ça lui carbonise un chouïa la cornée.

— C'est à cause de ma femme, il chuchote.

Je sentais bien qu'il marchait au sentiment, le copain ! Sa femme ! Combien de gus, des durs de durs, vrais croquemitaines de l'existence, chiquent les agneaux égrotants devant leur julie ! J'en sais, des terribles que tu flouzes dans ton bénoche dès qu'ils haussent le ton, une fois sous la coupe à médème, ils ont les jambes en forme de « X » et la bave qui leur dégouline des babines.

— Quoi, votre femme, cher Raphaël ?

— Je ne voudrais pas la décevoir...

Marrant : il trafique pour les services d'espionnage japonouilles depuis lulure, enfouillant de la fraîche à la pelle en bradant le génie français, comme on dit puis dans les déclarations ministérielles, voire présidentielles, mais ça compte pour de l'Astra aux yeux de sa polka, Raphaël.

— Vous lui avez fait du contrecarre ? Si c'était le cas, elle n'en saurait rien, juré !

Ma sincérité est si véhémente qu'il décide de se confier.

— Connaissez-vous cette guinguette de La Varenne qui s'appelle *Chez la Mère Tatzi ?*

— Pas encore.

— Y a une salle de restaurant où on bouffe de la friture, mais qui ne marche pas fort ; et puis un bar à piano qui fonctionne déjà mieux... Ce qui est le plus rentable, ce sont les quatre chambres du premier.

— Un boxif ?

— Oui. Avec des filles qui s'expliquent magnifiquement. Elles ne descendent jamais au bar mais attendent la clientèle dans un petit salon du haut. Elles sont renouvelées assez souvent. Des vraies pros ! Seulement il faut montrer patte blanche pour pouvoir grimper.

— C'est quoi, montrer patte blanche ?

— Avoir le mot de passe si je puis dire.

Il sourit.

— Depuis que la filière Karol était carbonisée j'y ai passé de beaux moments, avoue-t-il.

La nostalgie de ces instants délicats lui arrive en catastrophe. Raphaël est en train de se dire que la fête à Coquette c'est pas pour tout de suite. Il va en biffer des jours dans cette cellule avant de pouvoir batifoler à nouveau chez la mère Tatzi.

— C'est là-bas que vous alliez porter votre petite marchandise ?

— Exact.

— Ça s'opérait de quelle façon ?

— Je montais au salon, je choisissais une partenaire à mon goût et je réclamais la « chambre myosotis », car chacune des quatre pièces portait un nom de fleur sur une plaque émaillée vissée à la porte. La chambre myosotis avait des murs garnis de glaces, y compris le plafond.

— Si bien que vous vous envoyiez en l'air à mille exemplaires !

Nouvel acquiescement de mon client.

— Et alors ?

— Dans cette pièce se trouve un placard mural. J'y suspendais mes effets ; c'était la consigne. Souvent, la fille que j'avais choisie se foutait de moi, me trouvant trop méticuleux. Dans la poche droite de mon veston, je plaçais ce que j'avais à remettre. Après mes galipettes, je récupérais mes fringues et le « quelque chose » ne s'y trouvait plus. A la place, il y avait... ma prime.

— Le placard a un fond mobile?

— Ça paraît évident.

— Jamais personne n'a fait allusion à ce tour de passe-passe (si je puis dire) quand vous vous trouviez chez la mère Tatzi?

— Jamais.

— Et cette mère Tatzi, elle existe?

— Bien sûr.

— Le genre bordelier?

— Plutôt! Blonde platinée comme on n'en fait plus.

— Je vois. Qui la seconde?

— Je n'ai pas remarqué quelqu'un d'autre, hormis des serveurs et une femme de chambre.

— Toujours « si j'ose dire » : quel était le mot de passe?

— En fait, il n'y en a eu qu'un : celui que j'ai débité la première fois, ensuite elle me reconnaissait.

— Et c'était?

Il rassemble ses souvenances.

— J'ai mangé une friture de goujons; au moment de l'addition, je lui ai murmuré : « Mon ami Meyer m'a dit que vous faisiez l'aïoli, le vendredi? »

— Comment a-t-elle réagi?

— Elle s'est penchée sur moi et a répondu : « Dans le couloir, il y a un escalier. Au premier, vous verrez un salon dont la porte est ouverte. Vous n'aurez qu'à choisir, c'est cinq cents francs; je les encaisse tout de suite. »

— C'est elle qui vous a conseillé de prendre la chambre myosotis?

— Non, on me l'avait signalée à l'avance; de même

qu'on m'avait recommandé de mettre mes vêtements dans le placard.

— Et, en haut, vous n'avez jamais choisi deux fois la même partenaire ?

— Cela a dû m'arriver, mais je préférais changer. Vous me promettez de ne rien révéler à mon épouse ?

— Je n'ai qu'une parole.

— Merci.

— Vous êtes allé souvent chez la mère Tatzi ?

— Très souvent.

— Il n'y a jamais eu d'anicroche ?

— Non, jamais.

— Vous rappelez-vous le nom des trois autres chambres ?

Raphaël réfléchit de nouveau. Il récite, les paupières closes :

— Violette, muguet, aubépine.

— Toutes des fleurs champêtres, noté-je, elle est bucolique, votre rombière. Laquelle de ces trois piaules est contiguë à « myosotis » ?

Il se pince le regard entre pouce et index.

— Aubépine !

— Vous n'avez jamais pratiqué d'autres chambres que la « myosotis » ?

— Et pour cause.

— Quand elle était occupée ?

— J'attendais qu'on la libère.

Je perçois une chanson. Ça vient de la cour. Un détenu rital qui balance *O sole mio* d'une voix de ténor léger.

— Vous m'avez dit qu'après la disparition de Karol le Pieux on vous a durement interrogé ?

— C'est la vérité.

— Qui ?

— Des Jaunes.

— Ça s'est passé où et comment ?

Raphaël Sein fait la moue. Cruels souvenirs ! L'évocation de tels sévices fouaille sa viande. Il en a des frissons dans le rectum, le pauvret.

— Un soir, au sortir des labos, deux hommes m'attendaient dans ma voiture stationnée sur le parking de l'entreprise. L'un deux se tenait au volant. L'autre m'a enjoint de prendre place derrière, à son côté, après m'avoir montré un pistolet muni d'un silencieux. Une voiture s'est mise à nous suivre. Une fois sur la route, le type m'a tendu une cagoule noire sans trous à la place des yeux et m'a dit de la passer, puis de m'agenouiller sur le plancher. J'ai obéi. Nous avons roulé pendant près d'une heure. Ensuite, on m'a fait sortir de l'auto et l'on m'a guidé dans une maison qui devait être une ferme car cela sentait le fumier. Une fois là, j'ai dû descendre dans un local voûté éclairé par une baladeuse électrique accrochée au plafond. Il y avait des pommes de terre dans des caisses. Ils m'ont fait mettre nu, m'ont entravé bras et jambes et la « séance » a commencé. Au début ils ne parlaient pas et n'ont commencé à m'interroger que lorsque j'ai été très mal en point. C'était affolant. Cela a duré une partie de la nuit. Ils paraissaient infatigables. Quand enfin ils ont compris que je ne savais rien, l'un des deux Jaunes s'est absenté, mais il est revenu rapidement. On m'a demandé de me rhabiller, on m'a remis la cagoule et nous sommes repartis. Il y a eu à nouveau une heure de trajet, puis on m'a délié en m'annonçant que je pouvais rentrer chez moi. Ils m'ont abandonné, j'ai arraché la cagoule. Je me trouvais dans ma voiture, au bout d'une impasse proche de la porte d'Italie.

— Et ensuite, comment avez-vous reçu les ordres ?

— Par téléphone, à mon domicile. Ma femme est infirmière dans une clinique privée et quitte notre appartement une heure avant moi. C'est en son absence que j'avais droit à une communication.

— Votre chère épouse connaît vos activités extra-professionnelles ?

— Maintenant, oui, mais elle ignorait tout avant mon arrestation.

— Comment a-t-elle réagi ?

— Elle est roumaine d'origine et n'a pas « ressenti » le côté « trahison » au plan patriotisme. Je lui ai expliqué que j'agissais pour lui assurer une existence confortable...

— Vous n'avez pas d'enfants ?

— Hélas, non.

— Et tout ce pognon occulte, qu'en avez-vous fait ?

Il hausse les épaules.

— Un appartement, une maison de campagne... Marika adore les croisières, nous en faisions une chaque année.

— Sympa. Vous allez probablement rater la prochaine, mais si vous avez un bon bavard, il vous arrangera les bidons pour l'an prochain ; de nos jours, tout le monde brade la France, peu ou prou, et ça ne tire pas à conséquence.

FOURTH

— Comment tu la trouves-t-il ? interroge le Somptueux.

— J'ai l'impression de lécher le sol d'un garage, réponds-je. Soit que les poissecailles eussent été élevés dans une nappe de mazout, soit qu'on les ait fait frire dans de l'huile de vidange.

Je clape encore un goujon de cinq centimètres, raide et sec comme l'ongle d'un mandarin chinois. Le picrate est à l'unisson : aigrelet et bouchonné ; un malheur n'arrivant jamais seul.

Négligeant la mauvaise qualité de la table, Béru déverse dans son assiette le contenu du plat et emplit son godet à ras bord.

— J't'ai raconté qu'j'sus été chez l'président d'la République, mec ? Y m'a reçu lui-même personnellement ; on a bavassé de ceci c'la, à bâtons repus.

Il déclare la chose nonchalamment, comme si elle allait de soi ; convaincu qu'il est normal que le premier magistrat de France reçoive un flic et lui fasse la causette.

Sa Majesté dilatée poursuit, après un rot à la friture avariée :

— C't'un homme, que, j'vais t'dire : faut l'connaître. L'a l'air pincé, comm'ça, surtout quand est-ce il passe les troupes en revuc ou qu'y dépose des gerbes sous l'Arche d'Trionfle; mais en intimisme, y n'd'mande qu'à se poiler.

— Comment se fait-il qu'il t'ait accordé audience?

Bérurier s'emplit la soute de poissons deux fois morts et toboggante le tout d'une verrée prodigieuse. Son cou se gonfle tel celui de l'autruche qui vient d'avaler un réveille-matin. « Braoûk » fait le banc de goujons en plongeant dans les chutes du Zambèse (à couilles rabattues).

Le Gros a violi sous l'effort, son regard s'est empli de gélatine. Et puis son front se déplisse et un beau sourire pareil à un clavier de piano en négatif signale sa joie d'être.

— C'est en portant ton rapport, mec. J'm'ai payé d'culot et j'ai dit à l'escrétaire que c'était à remett' en mains propes. J'ai eu peur qu'y m'croive pas, mais j'dois faire sérieux car ça a boumé. L'président a ligoté ta prose, renfrogné, l'air d'un hibou qu'une ouvreuse d'cinoche y braquerait sa loupiote dans les carreaux. Il a eu un'mousseline ennuilliée. Compr'nant qu'il n'bandait pas comm'un fou pour ta bafouille, j'ai chiqué les enjôleurs. Le paxif, mec! Tu m'aurerais vu à l'œuv', j'y a placé mon baratin surchoix! Tu t'serais cru au cercle d'Louis Quatorze! M'manquait plus qu'une perruque comme aux gaziers qui r'ssemblaient à des épagneuls! L'président, en deux coups les gros, y s'trouvait sous l'charme d'ma converse. Un don! J'y ai causé politique, du peup', des grands problos, d'la crise, du chômage, du malaise d'la Rousse, tout bien. L'a fini par m'assurer comme quoi y r'grettait qu'j'soye plus chef d'la police; y compr'nait que j'aurais opéré la big refonte chez messieurs Nousautres! M'a dit qu'une idée lu germait, qu'y l'allait m'tiendre au courant; qu'y m't'nait en réservoir d'la fonction publique. Textuel! Brèfle, j'ai marqué un bute. Faut comprend' : c't'homme, y ne voit qu'des bosses autour d'lui, tant ils courbent l'échine, tous, quand ils l'approchent. Pour une fois qu'un citoilien l'entr'prenait à la régulière, sans s'vaseliner l'ognasse pour y causer, l'avait l'impression d'rencontrer enfin quéqu'un. C'est c'qui y manque l'plus davantage au président ; avoir quéqu'un à qui causer.

Il se tait pour boire.

Il pleut à pierre fendre ou à gorge déployée. Il pleut comme va je te pousse, comme vase qui épice, comme vache qui rit. A seau ! A verse ! Des trombes d'éléphant ! Des trombes d'Eustache ! Nous sommes les uniques clilles du restaurant. Une serveuse amorphe, blanche et rousse comme un portrait de Marie Laurencin, bâille devant la baie. Nous n'avons point encore aperçu la mère Tatzi. Béru se cure un entre-deux-chicots et crache au loin le résultat de son extraction. La chose s'accroche à la tignasse de la serveuse. Elle croit à une mouche et fait un geste balayeur.

— Je m'ai remis à la lecture, m'annonce Béru.

— Tu as reçu le Vermot de l'année ?

— Non, j'ai tapé dans la bouquinerie à Marie-Marie qu'y en a plein des placards. Je m'ai farci *les Pensées de Blaise,* de Pascal.

Il fait la moue.

— Ça manque de personnages et aussi d'action. J'ai moulé le *book* à la page cinquante : Blaise était pas encore arrivé.

Il balance un renvoi en bas de page carabiné, hèle la servante en brandissant la boutanche vide.

— Sa frangine en couleur, plize, miss !

Puis, revenant à ses lectures :

— Par cont', j'ai bien aimé *Etudes sur l'hystérie,* de Freud. J'sus été séduit par sa technique psychoanalytique de la libre association des images, qui permet de décrypter les significations inconscientes de conduites irréductibles à la logique du conscient. Ça, voui, c'est torché, c'vieux mec en avait dans l'cigare, bon Dieu d'mouche !

Je cesse de l'écouter, du moins le fais-je avec une passion plus tempérée car la taulière vient de surgir. Imagine une dame de cinquante et mèche, empâtée par l'âge, la méno, la bouffe, avec une chevelure extra-platinée, style pute d'avant la dernière, fardée comme une affiche célébrant le Carnaval de Rio, vêtue de rouge ardent, tu penses ! La voix fêlée par les alcools, la fumée, les pipes, les veilles et autres embruns de sa vie tenancière. Quand elle cause, ça fait comme lorsque tu pètes dans ta baignoire. Ça lui part des tréfonds et ça remonte en grappes. Moi, je serais d'elle, je cracherais les poils de bites accumulés dans ma gorge et je foncerais consulter un laryngo, m'assurer que le méchant crabe joue pas au con avec mes amygdales (l'amygdale et la fourmi, fable).

Elle s'approche de notre table, un œil clos derrière la colonne de fumaga sortant de sa tige. Sous sa jupe de laine, son bide s'arrondit.

— Tout va bien, messieurs ? elle demande avec un air de se foutre de la réponse que, oh ! la la ! tu peux pas savoir comme.

— Admirable ! je lui rétroque. Si je racontais votre friture de goujons chez *Prunier* ou chez *Leduc,* ils se flingueraient tous, du pédégé aux marmitons.

Son œil fermé s'ouvre pour mieux m'appréhender.

— Qu'avez-vous commandé derrière ? coupe-t-elle.

— Une entrecôte marchand de vin, jolie dame.

— Aux nouilles fraîches, complète Bérurier.

Elle a un sourire extatique qui laisse présager que son entrecôte aux nouilles, il n'existe pas de plus grand bonheur en ce monde, sinon une nuit d'amour avec Alice Sapritch.

— C'est sympa, chez vous, je la chambre, mine de rien ; l'ambiance guinguette, on a beau dire, mais ça se perd. Paraîtrait que vous faites l'aïoli, le vendredi ?

Elle opine, pensive.

— Sur commande seulement ; qui vous l'a dit ?

— Un ami à moi : M. Meyer.

Elle secoue la cendre de sa cigarette dans la fausse cheminée où rougeoient deux splendides bûches de verre. La rouquine s'apporte avec nos entrecôtes.

— Je vais vous chercher les nouilles, elle promet en tournant les talons.

Je sors mon lazingue, y puise deux pascaux que je tends à la mastroquette.

— Comme cela ce sera fait, j'annonce.

Elle sourcille.

— Voyons, messieurs, finissez votre repas avant de payer.

— Ça, c'est pour la visite du premier étage, expliqué-je.

Mais la dame aux cheveux nickelés chique l'incompréhension totale.

— Qu'entendez-vous par « la visite du premier étage » ?

— Celle dont m'a parlé... Meyer.

— Je ne vois pas ce que vous voulez dire.

Bérurier qui vient de se caler un morceau de bovin grand comme sa main dans la concasseuse grabatouille :

— Y veut dire qu'on est partants pour prend'l-'pousse-caoua en galantine compagnie, mon p'tit cœur. La tortore, nous aut', ça nous porte au kangourou ; on part d'l'idée qu'a pas de samedi sans soleil, ni de vraie bouffe sans parties d'jambons consécutives.

Elle monte au renaud, la déesse des guinguettes. Oh ! pardon, on lui profane le blason, mâame la dusèche ; on foule du pied son pedigree ; on décharge sur son honorabilité.

Tu la verrais contracter des labiales, des yeux, du fion aussi, probable. Elle astringe de partout, la bêcheuse.

— Non, mais, messieurs, où vous croyez-vous-t-il ! Si c'est une plaisanterie, j'la trouve pas plaisante du tout ! A moins qu'on vous eusse enduits en erreur, y a si tant tellement de méchancerie à travers le monde ! Seulement j'aimerais savoir ! Ça serait un service à me rendre, de me dire qui est-ce qui fait courir ces bruits atroces. Disez-moi ! Disez-moi ! Je savais les gens dégueulasses, mais à ce degré alors, les bras m'en tombent !

Elle continue ses incantations imprécatoires à perte de vue, mémère. Ça devient le monstre discours ! Elle en rajoute ! Je crois même qu'elle y va de sa larme, à moins que son rimel débloque. On sombre dans le pathétique. Elle a des enfants, Mme Tatzi. L'un d'eux est en deuxième année de médecine, elle nous prie de remarquer. Sa fille aînée est mariée à un attaché d'ambassade. Hé ! dites, mollo, chahutons pas ! C'est l'honneur de la France qu'on est en train de malmener avec nos incinérations perfides ! Si elle s'écoutait, elle préviendrait la police. Elle connaît un divisionnaire qui prendrait les boules d'apprendre une chose pareille. Allez, oust, qu'on décambute ! La friture et les boutanches c'est pour ses pieds. Elle nous intolère trop pour qu'on réside ici trente secondes de plus !

Bérurier bouffe en force. Et puis torche sa sauce au vin rouge pour laisser la place aux nouilles.

Quant à messire Sana, il regarde tranquillement la taulière grimper en mayonnaise.

Lorsqu'elle se tait, aphone en plein, je me lève sans mot dire et quitte la pièce. J'ai déjà renouché les lieux. Voici le couloir, l'escadrin. Je monte au premier. Une porte en face : j'ouvre. C'est un salon où une petite fille mignonne pâlit sur un cahier quadrillé comme le dix-huitième un soir d'hécatombe de vieillardes. Elle me sourit.

— Tu fais des devoirs ? je lui demande.

— Devinez ? elle répond.

Y a plus de mougingues. Ils nous prennent tous pour des pommes. Pour leurs zigs, à vingt-cinq piges t'es catalogué monument historique, son et lumière sur l'Acropole !

Je me casse. Brève visite du couloir. Aucune plaque émaillée sur les lourdes. Y a même pas de traces de vis.

Me basant sur le descriptif de Raphaël, j'ouvre ce qui devrait être la porte Aubépine. Il y a effectivement un placard mural dans la chambre, mais le fond est plein, pas amovible du tout.

En bas de l'escadrin, la mère Tatzi a lancé sa grande offensive vocale. Elle joue *Croc Blanc* en stéréophonie et c'est elle qui interprète la meute de loups !

Bon : on l'a dans le prose.

— Qui vous a permis ! De quel droit ! Etc.

Personne ne m'a permis ; je n'ai aucun droit. D'accord, on les met ! Bonsoir, médème !

*
* *

— C'est suite à l'arrestance de ton Sein Raphaël qu'ils ont nettoyé les écuries d'Audiard chez ta mère Tatzi, assure Alexandre-Benoît. La vioque a flairé qu'le temps allait se couvrir pour son pince-miches et a évacué le cheptel.

— Voilà qui est admirablement résumé, applaudis-je ; on voit que ton esprit organisé s'enrichit de lectures profondes.

— Probab', et c'est pas fini, promet le Gravos, j'ai du lapin sur la planche, mon pote. Dès c'soir, je vas m'ingurgiter *le Triomphe de la sensibilité*, de Goethe, ça m'a l'air chiément chié. D'nos jours, ç'ui qui tire un bras d'honneur à la culture l'a dans l'baba, mon pote. Tu peux pas négliger les connaissances. C'est comm'si tu r'fuserais d'prend'l'avion sous prétesque qu'il vole. La bouffe, la dorme, la baise, souate, mais faut z'aussi s'meubler l'esprit, sinon t'es débranché comme un comateux qui finit par faire tarter tout l'monde.

L'homme touché par la grâce du savoir soulève en

ahanant l'une de ses fesses pour libérer un vent de force 4. Soulagé, il s'assied dessus et poursuit :

— Si tu veux t'faire entend', faut pas lésiner.

Ce qu'il y a de contondant, avec ce gonzier, c'est qu'il ne s'attarde jamais sur une déconvenue. Sans cesse happé par le futur, il valdingue dans une apesanteur intersidérale qui le préserve de tous les maléfices.

Hélas, moi je m'attarde sur les déboires, les prends à la gorge et les secoue comme des tirelires.

— Le président va piquer sa rogne des grands jours, pronostiqué-je. Il a trop tendance à me prendre pour la fée Marjolaine et s'attend toujours à du positif avec ma pomme ! Il me tient sur son gantelet tel un faucon et me lâche sur la proie ; si je reviens le bec vide, il me considère comme un serin.

— Et alors, il objecte, l'apôtre, c'est joli un serin, ça fait partie des fringillidés et ça ressemble à un canari.

— L'enquête tourne court, réfléchis-je. Karol le Pieux a été scrafé alors qu'il avait l'invention sur soi. Son cadavre a été enlevé. Son tueur est mort, l'auteur du vol de l'ogive nous a craché tout ce qu'il savait, mais cela nous conduit au fond d'une impasse.

Sa Majesté dégaze sa friture rance, puis elle demande :

— Qu'est-ce tu f'rait-il si j'te disais qu't'es con, l'artiss ?

— Je te demanderais de fournir les preuves de ce que tu avances, mon Gros Loup.

— Banco, c'est parti.

Il se rassemble du mental puis déballe sa camelote.

— Si c'est exaguete que Raphaël livrait ses chouraveries dans la piaule à la mère Tatzi, t'as la preuve qu'elle en sait long comme l'autoroute du Soleil sur ces giries, mon drôlet.

— Ah ! oui ?

— Moui. Suppose que t't'à l'heure, au premier,

t'aies trouvé les choses en état, telles que Sein te les a bonnies, t'avais aucune épreuve de l'enculpablité de la vieille morue. Le coup pouvait avoir été mijoté à son insuce après tout. Le placard double fond, c't'un gadget de bordel, kif les glaces sans tain ; ça permet les partouzettes mignonnes. Aut'fois c'tait mornifle courante. Deux couples entraicnt chacun dans une piaule, puis s'rejoindraient à sa guise pour batifoler. En cas qu'les bourdilles viennent taper aux fafs, presto y r'gagnaient leur base avant d'délourder. La taulière, sa crèche était équipée en vue des échanges trouduculturels. On peut s'figurer qu'des futés ayent décidé d'tirer leurs parties du gag. Mémère battait à Niort et t'avais l'bonjour de mes deux, question d'la confondre. Là, du fait qu'elle aye ramoné sa crèche, expatrié ses gagneuses et refait le placard, ça prouve qu'elle est au courant d'la manigance et qu'le risque lui a paru trop grand pour pas écraser son négoce de pain de fesses. Elle a cru s'démouiller en stoppant son négoce d'jambons ; au contraire, Sana, au contraire, ell'te prouve qu't'es bel et bien su'la chaude piste, mon pote ! Ton impasse, si tu gamberges, c'est en réalité l'Avenue des Champs-Elysées !

J'administre une bourrade au Magistral.

— Superbe, Béru. C'est l'œuf de Christophe Colomb !

Mon ami ronchonne :

— Ton Colomb, si on y songe, l'avait pas b'soin d's'faire tarter à équiper des barlus : une poule lu suffisait pou'd'venir célèbre. T'as une idée su'ta marche d'manœuv', à partir d'désormais maint'nant ?

— Oui, messire, j'ai une idée !

*
* *

Un motard l'attend devant l'établissement. Une espèce de gros lard frisé, aux moustaches ibériques. Il tient son casque peint en coccinelle sur le réservoir de sa péteuse fatiguée. Il porte un jean crado et un superbe blouson taillé dans de la peau de veau synthétique.

La flotte continue de vaser, oblique dans la lumière des lampadaires. Tu te croirais dans du Carné de la grande époque. Il est stoïque sous la lance, le motard. Portugais comme un pinson ! L'attend sa belle pour la verger de première, sa journée faite, à la santé de sa femme qui l'attend au pays. Doit triquer ferme, avant de lui interpréter son fado du soir. Je lui devine des soupapes gonflées à outrance, au Vasco de Gama.

Ça y est, sa patience va être récompensée. La serveuse rouquemoute déhotte du tapis de la mère Tatzi, sublime dans son imper transparent qui ressemble à une capote anglaise pour bitoune frileuse. Elle porte un second préservatif sur la tronche, pas que la pluie éteigne son incendie naturel. La v'là qui roule une pelle maison à messire Bandalez, puis qui retrousse sa juperie afin d'accalifourcher le coursier de feu. Vroummm, vroumm ! La décarrade. Je me lance à leur poursuite.

Le Portugais roule mollo, biscotte la vitesse est réglementée et permet pas d'exploits. Il craint de se faire sucrer son permis ; il connaît les bourdilles, Emilio ! T'en as de vraiment xénophobes sur le lot, des pour qui les melons, les Yougos, les Espanches et autres Ibères représentent une couillerie très terrible. D'accord, ils doivent se gaffer des bavures, mais pour ce qui est de *dura lex, sed lex,* fais-leur confiance, ils veillent ! Le pain des Français, tu permets : c'est sacré. Pas touche ! Même les croûtons peuvent resservir pour une soupe au pain perdu (sans collier).

Tout en drivant, je téléphone au Gros, lequel est en train de s'absorber *le Triomphe de la sensibilité,* de Goethe, œuvre riche en tribulations, pendant que dame Berthe lui taille un calumet mutin, manière de travailler ses zygomatiques.

— Besoin de toi, ma vieille citrouille.

— Un pépin ? demande la cucurbitacée.

— Non ; équipe de noye. Rancard dans un quart d'heure impasse des Dames Hancloque, au 6, c'est tout en haut du dix-huitième.

— Arrondissement ?

— S'il s'agissait du dix-huitième siècle, j'aurais téléphoné à Voltaire.

Je l'entends lancer à sa gerce :

— Repos, Berthy : j'ai école ; tu me finiras quand t'est-ce je rentrerai.

Son épouse lui riposte qu'elle dormira alors et comme quoi une pipe ça se réchauffe pas, contrairement au bœuf bourguignoche.

Bérurier admet et trouve un moyen terme : si elle dort, il lui fera un embrochage express par la face pile, sans la réveiller. Ayant ainsi réglé ce litige matrimonial, il m'annonce qu'il a déjà remis Coquette dans son écrin et qu'il va se pointer.

On entend l'ultime journal d'une tévé, bien saignant de mille guérillas et catastrophes, avec l'annonce que l'impôt nouveau est arrivé, pas d'inquiétude, et que le président va bientôt partir pour le Houlala en passant par Kalamitas et Zimlaboum où il aura un bref entretien avec le président Dukono pour tenter de régler ce différend qui les oppose rapport à cette note de gaz impayée et à ces deux chars de combat qu'on leur a livrés sans les chenilles.

La traction avant du Mastar débouche dans l'impasse, reconnaissable du fait de sa rareté et de son pare-brise dont la vitre brisée a été remplacée par des planches.

Il gare soigneusement le véhicule au milieu de la

chaussée, le ferme à clé, ce qui est délicat car les gonds ne tiennent plus et m'adresse un geste de citron, ou un zeste d'amitié si tu es contre l'acidité.

M'ayant rejoint, il lève sa rubiconderie vers l'immeuble lépreux numéroté « 6 » à la craie.

— Y a bal chez l'gouverneur ? questionne-t-il.

— Non : séance de tringlette chez la rouquine de la mère Tatzi. Un Portugringue à moustache est en train de l'escalader. On va leur laisser encore cinq minutes d'infini, après quoi, on intervient.

— Tu commences par le bas de l'échelle ?

— Plus j'en apprendrai sur la blonde, mieux je serai armé pour la chambrer le moment venu, non ?

— Jockey ! Mais tu crois qu'elle en sait long, l'Incendiée ? Elle traîne un de ces airs cons qui flanquerait les foies à un fantôme !

— Même les cons ont des yeux et des oreilles, Gros, tu en sais quelque chose !

— C'est vrai, convient l'Intime.

L'indicatif de fin du baveux télévisé retentit. Bonne nuit, les petits, dormez sans inquiétude : le monde reste allumé de l'autre côté de la planète et d'autres infamies s'y perpètrent dont vous vous régalerez demain ! Tchao ! (Ou Ciao) (1).

Les gens s'imaginent pas. Le populo se laisse endormir par les coupes du monde de ceci-cela, les championnats, les tournois des Cinq Nations : foot, tennis, rugby, ski, vélo, cachent la merde au chat. Pendant que la foule visionne les exploits, on la détrousse, comme les vide-gousset, jadis, piquaient la bourse des badauds tandis que les arracheurs de dents mobilisaient leur attention sur l'estrade.

C'est plein d'arracheurs de dents autour de nous. Regardez par-ci, regardez par-là, voyez ceci, voyez

(1) Ou encore : bonsoir.

cela ! Et pendant ce temps : crac ! Ma montre ! Mon larfouillet ! Ma vertu ! Zob ! Tout azimut, tu soupçonnes pas. Opération sans douleur. Ça chicorne en Nouvelle-Calédonie ? Bono ! Les mines de nickel seront en rade et comme la Nouvelle-Calédonie produit dix pour cent du nickel mondial, les prix grimperont ! Les *brokers* de New York et de London se frottent les mains. Mais toi, t'occupe pas, Nicolas. Regarde Platini comme il y va recta, balle au pied ! Et ma Carotte, non : Mac Enroe, t'as maté ce smash, l'ami ! Te bile surtout pas ; ferme ta gueule : on dira le reste pour toi. T'as même pas besoin de penser. On te mâche tout ; on te mâche toi-même. On te digère et te défèque, mon vieux colombin. C'est ça qu'ils appellent un coup fumant : toi devenu étron par la force de ton inertie. Temps à autre, pour avoir l'air d'avoir l'air, tu gueules bien fort « qu'ils nous font chier » ! Erreur, mon fils, grosse erreur, ils ne nous font pas chier : ils nous chient. C'est ça le malentendu. Un jour, ils sauront combien j'avais raison. Ils viendront en pèlerinage sur ma tombe, par cars entiers, on leur fera des forfaits. Visite du mausolée de Santantonio, de Paris à Paris, hôtel et pension compris. Juste le pourliche sera facultatif. Ils auront droit de toucher ma pierre, je leur guérirai les écrouelles, la chiasse verte, le psoriasis. Je ferai sous-Lourdes, en somme. Je sais que le Bon Dieu est d'accord, me l'a fait savoir cette nuit.

La môme s'appelle Marthe Inidraï (elle est native du Pays Basque, probable). Elle pioge au troisième, à côté des chiches. Ce qui est pratique quand t'as la courante d'après moules pas fraîches. Son blase est punaisé sur le chambranle. Pas de sonnette.

Je toque. Un temps de stupeur inquiète, *outside,* et puis deux savates skatingent dans notre direction. Une voix inquiète demande :

— C'est qui est-ce ?

Je chuchote en prenant une voix flûtée :

— Une commission de la part de Mme Tatzi.

Ce vademecouille suffit. Marthe délourde.

Vision suprême. Elle n'est vêtue que d'une serviette de bain azur qui s'harmonise parfaitement avec sa chevelure. Rien de plus chatoyant que l'orange et le bleu. Ses cheveux ruissellent sur ses épaules nues vachement squelettiques. On est en plein dans *Chaste et flétrie,* l'épisode où Fleur de Misère reçoit la visite de l'huissier. Elle nous reconnaît et effare des prunelles.

— C'est nous, la rassuré-je. Nous aimerions avoir un bout de conversation avec vous.

Tout en causant, je lui exhibe ma brème poulardière.

— Police ? elle s'étonne.

— Oui, mon cœur, mais rassurez-vous, ce n'est pas après vous que nous en avons.

Alors tu sais quoi ? Là, faut que je te fasse rire ! Voilà la donzelle qui se met à égosiller :

— Emilio, c'est la police !

Et alors le motard portugais surgit, encore torse nu de l'étreinte passionnée à laquelle il vient de souscrire. Il a un feu en pogne à la main. Il tient son casque de l'autre main par la mentonnière que tu croirais un panier à salade.

Ses cheveux frisés sont collés sur son front de taureau par la sueur de l'amour. Et ce fumelard qui nous braque comme des caissiers de banque ! Merde ! Il a lu ça dans *La Semaine de Sucette,* l'artiste.

Moi qui le situais honnête manar à la Régie, venant tremper le biscuit sa journée faite ! Et on tombe sur un pur malfrat qui n'hésite pas à braquer des draupers.

— Ecartez-vous ! il nous enjoint.

Tu connais Béru ? Ce genre de sommations, lui, ça le fait marrer plus fort que l'histoire de cette sentinelle disant à Mitterrand : « Tenez-moi mon casse-croûte, m'sieur le président, que je puisse vous présenter les armes. »

Homme des situations, le Mammouth ! Il sait toujours par quel bout les prendre. Voilà qu'il donne un coup de tatane dans le casque, ça suffit pour modifier légèrement l'attitude du Portugais. Ce dernier amorce un quart de tour sur place pour retenir sa gamelle, présentant ainsi un maxillaire légèrement empâté dans lequel mon merveilleux camarade s'empresse de filer un coup de boule qui le démet illico. On entend le craquement.

L'autre lève son feu pour arroser, seulement le commissaire Sana, tu m'as compris ? Une savate mongole dans les frangines. Heureusement que la petite Marthe a eu sa ration de chopine parce qu'il va plus falloir compter sur les aptitudes équestres de monsieur avant un bout de temps.

Béru lui chope le poignet pour lui faire lâcher l'arme et abat le brandillon du mec sur son genou en enclume. Nouveau craquement. En quatre secondes au plus, nous avons obtenu un gus dont un marchand d'esclaves n'aurait pas donné un pellos tellement qu'il est amoindri de fond en comble.

J'empoche sa rapière, lui passe les menottes et nous achevons d'investir l'appartement.

Terrorisée, la Marthe en oublie de maintenir la serviette sur sa géographie. V'là ses deux blagues à tabac qui pendent misérablement, comme les paupières de Bodard. Y a vraiment des êtres en navrance totale. M'selle Pas-de-bol avait trouvé un gaillard du Sud pour se faire chibrer et on vient lui casser son joujou. Le temps qu'elle se retombe une épée comme Emilio, elle devra se jouer des solos de harpe à un doigt, espère.

Le logis se compose d'une pièce, avec deux renfoncements ; l'un sert de cuisine, l'autre d'alcôve. Cela dit, tout est propre, modeste, concon.

Béru s'assoit devant la table où une boutanche de Matheus rosé, à moitié vide, lui joue *Fascination,* car ce qu'il considère, lui, c'est qu'elle est à moitié pleine.

Je ramasse le blouson du gars pour piquer son portefeuille : une chose brune, molle et dilatée.

J'examine les fafs avant de les glisser *in my pocket.*

— Un rodéo pareil, grogné-je, c'est bien pour dire de faire le cow-boy !

L'homme s'est assis en tailleur, le dos au mur. Son bras cassé est inerte, de sa main valide il masse ses testicules douloureux. Je lui trouve pas bonne mine, au Conquistador du dix-huitième.

— Tu me surveilles les amoureux, Gros, je descends turluter depuis ma caisse.

— Soye étanche, mec. Je vas veiller su'leur lune d'miel comme si c'serait la mienne, promet le Monolithe en avançant la main vers la bouteille.

Je tombe sur l'inspecteur Papillon, ainsi surnommé parce qu'il porte sempiternellement un nœud pap' à pois.

Je lui file les coordonnées d'Emilio Bandalez, joignant un descriptif du personnage précis comme une photo de Lartigue.

— Bougez pas, commissaire, ça me dit quelque chose.

Depuis qu'on m'a posé le bigophone dans ma charrette, ma vie se trouve simplifiée. Allongé derrière le volant, je paresse en attendant la réponse. Des ombres miteuses rasent les murs. L'air sent la merguez surmenée et aussi la sauce chinoise. Paris se transforme à toute pompe. Ça devient Canton, certains coinceteaux, à Belleville par exemple. Jadis ça fouettait la frite, à présent c'est le canard laqué. D'une guerre l'autre, les Jaunes se pointent. Bienvenue, mes frères !

— Vous êtes là, commissaire ?

— Extrêmement, oui ; alors ?

— Pas très propre, votre Portugais. Il est tombé à deux reprises pour vol à main armée. La seconde fois, il s'est barré du tribunal de Pontoise pendant son procès ; depuis, on a de bonnes raisons de penser qu'il a joué un rôle actif dans le braquage de la B.N.P., le mois dernier. On a failli le sauter la semaine passée rue de Douai, mais il a pu s'enfuir en prenant une automobiliste en otage.

— Merci, Papillon, et bonne nuit.

L'atmosphère n'est pas euphorisante chez Marthe Inidraï. Ça vire à la torpeur de veillée funèbre. Son truand grimace de douleur, quant à elle, elle continue de rester adossée au mur, en pressant la serviette sur sa nudité gerbante.

Béru qui a compris ce que je suis allé faire m'interroge du regard. D'un battement de cils je l'affranchis qu'on tient un clille sérieux. Il en rote de plaisir et vide la bouteille.

Je dépose mon imper ruisselant sur un dossier de chaise et mon dargif sur le coin de la table.

— Dis donc, Marthe, t'as de drôles de fréquentations, je l'attaque en désignant son julot brisé. Où es-tu allée pêcher ce gros vilain ?

Bon, la v'là qui se met à chialer comme Proust quand il bouffait sa madeleine. Son histoire, je pourrais te la réciter debout sur une patte : cette môme a débarqué de sa province depuis peu. Duraille de trouver un logement et du boulot. On fait à Paname des rencontres douteuses quand on y arrive innocent et faucheman. Bandalez a dû la retapisser dans un troquet, voire au bal, peut-être même à la fête foraine. Ça ne varie jamais beaucoup, les points de contact entre les oies blanches et les requins pourris.

— C'est le beau ténébreux ici présent qui t'a trouvé cette place chez la mère Tatzi ?

— Réponds rien à ces fumiers ! lui lance son camarade d'édredon.

Le Gros se lève en soupirant. Toujours ce boulot harassant ! Dans son tapin, c'est ça : la cogne, toujours la cogne ! Pas une minute de répit. T'as pas le temps de te refroidir les muscles qu'il faut déjà remettre la gomme. A croire qu'ils adorent les marrons, ces veaux. Il va au Portugais, chope la chaîne des menottes et le soulève par cette anse improvisée. L'autre hurle de douleur, à cause de son aile cassée.

Mais le Mastar, dis, tu permets ? Il le traîne sur deux mètres dans la carrée. Puis le relâche. Qu'ensuite, il grimpe sur le ventre à Emilio pour mieux le surplomber, je suppose. L'autre, sa respiration est partie sans laisser d'adresse, un poids pareil sur le baquet, tu penses !

— Ecoute voir, fait-il, j'ai deux trois bricoles à te causer. La première, tu n'nous appelles plus fumiers, la deuxième tu dis à ta polka de répondre à nos questions au lieu d'faire des zobs tructions, et la troisième ça m'est sorti de l'esprit, mais ça va me reviendre.

Puis, à moi :

— Sana, c'est quoi dans les grandes lignes, l'enculum vitré d'mossieur ?

— Braquage, braquage et rebraquage. Nos potes de la Maison Frivolitie's le cherchent comme un prostatique cherche une pissotière au Salon de l'Auto.

Béru hoche la tête.

— C'est le bras droit qu'y s'est cassé accidentellement en tombant su'mon g'nouxe, y'm'semb', non ?

— On dirait.

— Suppose qu'il aye pas d'bobol et qui s'cassasse le gauche 'aint'nant, comment t'est-ce y s'y prend-il pour poser son bénouze ? *J'attige ze couetchionne,* comme disent les Rosbifs.

Tout en parlant, il glisse son pied gauche sous le

coude gauche d'Emilio et pose son pied droit sur son avant-bras.

— Deux fractures la même soirée, c'est vraiment la loi des séries, tu n'trouves pas, Sana ?

— Je dois reconnaître.

— Non ! crie la Marthe.

Dans un élan de supplique, elle laisse quimper la servetouze de *bath* et ses oreilles d'épagneul se trouvent proposées à notre convoitise. Le gars Alexandrovitch-Benito, qu'elle soit pendante ou ascensionnelle, flasque ou dilatée, l'avant-scène d'une gerce le passionne toujours. Son regard lourd s'emplit d'une louche rêverie.

— Je soufflerais bien un peu d'dans pour te les requinquer, petite, assure l'Irrésistible.

— Vous n'avez pas le droit de lui faire du mal, répond la femelle, je porterai plainte !

Le Gros a un bon sourire extatique, genre M. Frossard le jour où il a rencontré Dieu.

— Tu sais ce dont j'me d'mande ? murmure-t-il. Si on lui mettrait son casque à not'zèbre, là, et qu'on l'virgule par la f'nêtre, tronche la première, tu croyes qu'il aurait du bobo, d'puis ce troisième étage ? Tu m'connais : j'raffole faire des espériences...

— Je crois qu'il me vient une meilleure idée, Gros.

— On peut la savoir ?

— Va filer ce coquin dans le plumard, que nous restions entre nous. S'il pouvait roupiller, ça n'en serait que mieux.

Béru se dresse.

— Pour dormir, y dormira, promet-il, j'ai jussement apporté mes dragées calmantes.

Il caresse ses phalanges droites de sa paume gauche, amoureusement, comme Buffalo Bill graissait son revolver magique entre deux représentations. Qu'ensuite il part s'occuper du Portugais. Tchlac, tchlac ! Un doublé au bouc. Déjà qu'il avait la mâchoire fêlée,

Nestor, tu juges ? Du moins, il ne souffre plus du trajet plancher-lit.

— Mais vous êtes-t-il des brigands ou des flics ! égosille la pauvre petite Marthe.

Accablée, terrorisée, bonne à questionner dès lors. Sa Majesté se pointe pour lui flatter les loloches. Elle est à ce point anéantie qu'elle demeure sans réaction.

— T'sais qu't'es belle dans ton genre, ma gosse ? complimente le Dodu.

C'est sa botte secrète avec les dames. Son madrigal tout terrain. Il tire une menteuse longue comme une nappe de banquet et lui fille un p'tit coup de lichouille sur les bourgeons ; par amitié simple ; avec une paluche au fion pour compléter, commako, en passant : vite fait, pas pris, au suivant !

La servante se cabre comme la chèvre de mister Seguin devant le loup.

— J'ai bien envie de te faire un cadeau royal, petite, lui dis-je.

Elle me décoche un regard misérable qui attendrirait une entrecôte de chez Jacques Borel autrefois.

— Tu réponds à mes questions, du mieux possible, et j'oublie ton malfrat car c'est pas à lui que nous en avons, non plus. S'il n'avait pas joué au gaucho avec son feu, quand on s'est pointés, je ne lui aurais même pas adressé la parole.

Elle bat des cils, façon Marlène dans *l'Ange Bleu*, sauf qu'elle porte ni gibus ni bas noirs.

— Vous dites ça...

— Je dis ça parce que c'est la vérité. Regarde-moi dans les yeux, ma grande, et comprends que tu peux me faire confiance ; ton bandit, je te le laisse, il pourra te faire encore passer de belles soirées. On y va ? T'as rien à perdre et tout à gagner.

Pour l'inciter, le gars Bérurier lui place une caresse cosaque sous la serviette, dans des régions amazoniennes.

— File-nous le train, ma poule, il lui roucoule, on est des bandeurs, pas des sauteurs.

Cette fois, il s'assied et la prend sur ses genoux capitonnés.

— Vas-y, Sana, c'p'tit cœur d'mande qu'à nous être agriable.

Alors, d'ac, j'y vais.

— Il y a combien de temps que tu bosses pour la mère Tatzi, Marthe ?

— Dix-huit mois.

— Comment es-tu entrée à son service ?

— J'ai été recommandée.

— Par qui ?

— Par un ami d'Emilio.

— Tu le connais ?

— Je l'ai vu une fois, oui.

— Où cela ?

— Ici.

— Son nom ?

— M'sieur Amédée.

— C'est tout ?

— Je sais rien d'autre.

— A quoi ressemble-t-il ?

— Il est jeune, grand, brun, avec des appareils photos. Il portait un complet de velours vert et il avait les cheveux longs dans le cou.

— Et puis ?

— Ben... voilà. Il a dit à Emilio que Mme Tatzi voudrait peut-être me prendre à l'essai.

— A l'essai pour servir ?

— Oui.

— Seulement pour servir ?

— Ben...

Ma question la désoriente. Elle ment mal, preuve qu'elle a « un bon fond », comme dit Félicie. Le Mastar lui parcourt l'anatomie à grandes manées fougueuses. On dirait qu'elle ne s'en aperçoit même pas.

— Tu veux que je te dise, ma petite Marthe ? T'es pas entrée chez la mère Tatzi pour servir des fritures de goujons au mazout, du moins pas seulement pour ça. Tes vraies perspectives, c'était de monter aux asperges. La vieille tient un clandé douillet au premier étage de sa taule. Elle a pris en main ta formation afin de te permettre d'obtenir ton C.A.P. de gagneuse. Pour débuter, tu passais en complément de programme dans les partouzettes, je suppose ?

Percée à jour, la rouquine demeure sans voix. J'imagine que chez la rombiasse, elle chiquait les utilités pour tendeurs un peu déviés. C'est pas, ce ne sera jamais une gonzesse d'abattage, Marthe. Mais son côté fané, blafard, battu, excite dans une certaine mesure des messieurs qui rêvent de forniquer dans le bas mélo à la Eugène Sue. Je te parie que la maquerelle devait l'affubler de haillons, histoire de parfaire son personnage d'opprimée.

— Inutile de finasser, ma pauvrette, tu as déjà pigé que tu n'étais pas de taille. Tu es faite pour la franchise comme d'autres le sont pour l'arnaque. Dans ton cas, il y a erreur d'aiguillage au départ. Ton vrai destin, c'était le mariage avec un brave mec de ton bled et pas de jouer les affranchies à Pantruche. Alors, réponse, j'ai vu juste, oui ou merde ?

Elle hausse les épaules en signe d'acquiescement.

— Si tu voudrais soul'ver légèrement un tantisoi peu ton cul, mignonne, lui déclare mon Eminent, tu m'décoincerais Coquette qu'épanouit d'trop à ton contac, la chaleur communicative des baquets, moi, j'résiste mal, porté comm'j'sus.

Elle se soulève. Le Majestueux se livre à une opération de dégagement dont je suis mal les péripéties. Quand il invite Marthe à se rasseoir, cette dernière paraît passablement surprise et danse une gigue avant de trouver la position idéale.

— V'là, tu peux continuer, grand, me déclare Gradube ; dans la vie c'est un'place pour chaque chose et chaque chose à sa place et les vaches s'ront bien gardées. Hé ! mollo, gesticule pas du dargif, fillette, qu'autrement sinon tu vas m'faire dijoncter !

Marthe pleure doucement.

D'endolorissement fondemental ou d'émotion ? Que lui prodiguer, qui soit sédatif ? Des bonnes paroles ou bien de la vaseline ?

— Oui, oui, vous avez vu juste, elle s'affale. Je suis bien rentrée chez Madame pour faire prostituée, mais elle préférait que je serve au restaurant, le temps de ma « formation ».

— Quand a-t-elle bouclé son clandé ?

— Ça fait quelques semaines.

— A la suite de quoi ?

Elle arrondit les lèvres pour émettre un bruit de pet très compatible d'ailleurs avec sa physionomie de cul triste marqué d'éclaboussures brunes.

— J'en sais rien. Madame a annoncé comme quoi elle avait été prévenue qu'il fallait arrêter net pendant quelque temps. Ses demoiselles sont parties et elle a pris sa petite-fille qu'était en pension depuis la mort de sa maman dans un accident.

Je rêvasse. Me récite des trucs, n'importe quoi, tel que ça me vient. Je me dis « Lucie de Lammermoor » (de Donizetti) et, aussitôt après : « Lucide, la mère mord » ; et puis encore « Elucide l'amère mort » ; tout ça... J'aime bien, c'est de l'huile mentale pour lubrifier le cervelet ; de la connerie en flacon : quelques gouttes sur un chiffon, tu fourbis tes méninges avec et elles se mettent à briller plus qu'avec Monsieur Propre ; et pourtant, Monsieur Propre, merde, tu l'as vu à l'œuvre !

Donc, il y a eu panique générale chez la mère Tatzi.

Suite de quoi ? De l'arrestation de Raphaël Sein ? Probablement. On a pensé qu'il allait s'affaler, tout bonnir ; ce qui s'est avéré exact.

— Les clients de la mère Tatzi, tu les connaissais ?

— Quelques-uns, de vue. Mais généralement ils grimpaient directement.

— La boutique devait bien marcher : quatre moukères au charbon, ça dépote du paf, non ?

— Oui, y avait du monde.

— Tu as remarqué si des Jaunes fréquentaient la boîte ?

— J'en ai vu à plusieurs reprises, en effet. Mais ils venaient seulement au bar et ne s'arrêtaient jamais longtemps.

— Ils discutaient avec la patronne ?

— Comment vous le savez ?

Je souris à sa candeur.

— Bon, passe quelque chose sur ta nudité exquise, poulette, tu vas descendre un instant avec moi pendant que mon pote surveillera ton équipier.

Elle s'alarme.

— Où qu'on va ?

— Seulement jusqu'à ma bagnole, en bas pour que tu puisses téléphoner.

— A qui ?

— A la mère Tatzi.

L'effroi assombrit son minois catastrophique.

— Moi, appeler Madame, en pleine nuit ! Mais pour lui dire quoi ?

— La vérité, ou presque, mon lapin. Tu vas lui annoncer que les deux bonshommes qui ont bouffé chez elle à midi t'ont suivie après ton travail ; qu'ils ont embarqué ton camarade Emilio à la suite d'une méchante bagarre et qu'ils t'ont dit qu'ils reviendraient demain matin ; un point c'est tout. Elle te donnera probablement des instructions, tu répondras « oui, madame » et puis tu raccrocheras.

— Vous m'aviez promis de ne pas arrêter mon ami !

— C'est pas parce que tu annonceras à la vieille que nous l'avons fait que nous allons le faire. Obéis-moi aveuglément et t'auras peut-être un avenir potable.

Soumise, elle se soulève.

A deux mains, Béru la fait se rasseoir.

Elle se re-relève.

Béru la fait se re-rasseoir.

Elle se re-re-relève.

Béru la fait se re-re-rasseoir.

Elle se re-re-re-relève.

Béru la fait se re-re-re-rasseoir.

Elle se re-re-re-re-relève.

Béru la fait se re-re-re-re-rasseoir.

Elle se re-re-re-re-re-relève.

Béru la fait se re-re-re-re-re-rasseoir.

Elle se re-re-re-re-re-re-relève.

Béru la fait se re-re-re-re-re-re-rasseoir.

Et puis il a un soubresaut de goret électrocuté. Il hurle :

— Arrrrvvvv bongu de bois !

Et cette fois la laisse partir dans un bruit de bouchon de champagne qui saute.

Elle est tellement dominée par les événements, la rouquinette, qu'elle ne s'est même pas aperçue qu'il vient de la baiser façon « permissionnaire dans le train bondé » ; et pourtant, le braque à mister Béru, Monsieur Propre, là encore, ne peut que s'effacer lui-même. Faut dire que dans ces conditions, il est excusable de confondre le polard à Pollux avec un tabouret à traire. Je sais des fermières qu'écoutent la radio pendant la traite des rousses et qui, pour peu que ça soit Haricot Machiasse qu'en pousse une, finissent par s'asseoir « autour » et non « dessus ».

Fleur de chiottes ne se gêne plus. A poil, elle vaque dans son studio à la recherche d'une robe ; finit par en décrocher une d'une patère austère, s'en vêt avec une mornitude de gestes quasiment douloureuse.

Je suis toujours navré par les apathiques qui paraissent ressentir une peine physique à exister. Les dolents, les mous, les enfoutrés se traînent le long de la vie, comme des réfugiés au bord d'une route. Et quand tu leur proposes de monter dans ta tire, ils refusent parce que modifier leur rythme les affole.

Enfin, bon, elle finit par être ordonnée prête et je l'embarque. Escalier descendant, je l'endoctrine sur le texte qu'elle va devoir débiter.

Il est simple.

— Tu racontes tout, très exactement, et tu jures que nous sommes partis avec ton béguin après t'avoir promis de revenir demain. Dis-lui bien qu'on est de la police, mais qu'on emploie des méthodes dures, dures. Tu lui demandes ce que tu dois faire. Aie l'air affolée, tu piges ?

— Oui.

— Si elle te demande d'où tu téléphones, n'hésite pas, réponds que tu es dans une cabine. Si elle te demande le numéro de celle-ci afin de pouvoir t'y rappeler dans un moment, dis-lui que la cabine est toute saccagée et que le disque central du cadran comportant le numéro a été arraché. Tu te rappelleras ? A aucun moment tu ne dois lui laisser soupçonner que tu n'es pas seule.

Elle me suit en traînant ses savates. Pute, elle ? Jamais. Par contre, je la situe chambrière d'hôtel de passes, escortant les survoltés du fignedé jusqu'au terrain de leurs frénésies. Porte-serviettes par vocation, la Marthe...

Je compose le numéro de la mère Tatzi. Quand ça bourdonne, kif l'avertisseur d'une marmite norvégienne, je fous le combiné dans la pattoune de la môme.

Franchement, elle s'en tire bien. Et même plus que bien. Comme quoi on peut toujours faire confiance aux gonzesses. Elles sont riches en ressources cachées et savent se dépatouiller des béchamelles les plus épaisses. Elle a le ton juste. L'anxiété, la trouille passent parfaitement dans son discours.

— Allô, Madame ? Pardon si je vous réveille : c'est Marthe !

Là, début de sanglot réprimé. Ceux-là qu'interprètent les bonnes gens femelles en deuil lorsque tu leur balances un brin de condoléances. Elles sont en pleine accalmie, sérénité, quiétude déjà réintégrée. T'arrives, la gueule à caler les roues du corbillard dans la descente. Tu murmures « J'ai appris la triste nouvelle ». Et poum ! Les voilà instantanément en larmes. Self-control ! Vite, la chialerie. « Parlez-moi-z'en pas, mon pauv'monsieur ! Il était si gentil, prévenant et tout. » En route pour la virée lacrymale, les poncifs souverains. Une nécro expresse. Le défunt t'est truellé en pleine gueule. Sa vie, son œuvre ! Perte irréparable ! Jamais ! Toujours ! Un homme comme lui ! C'est horrible ! Caressez-moi un peu la chatte pendant que j'vous cause de lui, mon pauv'monsieur.

Je me marre in petto, en catimini, sous cape, en loucedé. Pas cynique, l'Antonio. Oh ! la la ! que non. Juste conscient, et ça suffit bien, crois-moi.

— Qu'est-ce qui vous arrive, Marthe ?

— C'est affreux, Madame. Vous vous rappelez, les deux hommes qu'ont mangé ce midi ? Y en avait un gros, dégueulasse, et un très beau...

Elle me coule un léger sous-regard de salope qui voudrait faire mieux la prochaine fois.

— Figurez-vous qu'ils nous ont suivis, Emilio et moi, ce soir après mon travail. Ils ont attendu qu'on soye rentrés, et puis ils sont venus frapper. Ils ont prétendu qu'ils étaient de la police, le beau m'a même montré une carte. Emilio a essayé de filer mais ils l'ont tercepté et le gros saligaud y a je crains bien cassé le bras en le débattant.

A ce point du récit, petite rafale de larmes d'un très bel effet. Sincères ? Pourquoi pas après tout. Reniflades inhérentes.

— Et ensuite, Marthe ? presse Madame d'une voix pas si gentille que ça.

J'entends tout car mon biniou est équipé d'un diffuseur.

— Après, ils ont fouillé partout dans mon studio. Mais j'avais rien, alors ils n'ont rien trouvé.

— Ils vous ont parlé de moi ?

— Non. Enfin...

— Enfin quoi, connasse !

Marthe remet une giclée de chialerie.

— Pourquoi vous m'engueulez, Madame ! C'est pas pas faute ! Oh ! la la ! ce que je suis malheureuse...

— Que vous ont-ils dit à mon sujet ?

— Ils m'ont demandé qui c'est qui m'a fait entrer à vot'service.

— Et que leur avez-vous répondu ?

— Que c'était un copain d'Emilio, m'sieur Amédée.

— Ils ont fait allusion à ce que nous faisions autrefois ?

— Non, mais ils m'ont dit de ne pas bouger de chez moi, qu'ils allaient revenir demain matin de bonne heure. Et puis ils ont emmené Emilio.

Là, pour te prouver qu'elle est à la hauteur des circonstances, la rouquine, elle ajoute :

— Le très beau m'a dit que si je bronchais pour prévenir, il le saurait et que ça chierait terriblement. J'ai longtemps hésité. Et puis j'ai pensé qu'il valait mieux vous avertir.

— Vous n'avez pas été suivie ?

— Non, ça, j'en suis certaine, ma rue était complètement déserte, et puis je suis à la cabine de la place des Frères-de-Gaulle, et y a sincèrement personne. Si y aurait, je voirais. Qu'est-ce que ça va donner, tout ça, Madame ? Je dois faire quoi donc ?

— Retournez chez vous, Marthe.

— Mais demain ?

— Demain sera un autre jour, idiote.

— Qu'est-ce que je vais raconter à ces deux types ?

— Rien, puisque vous ne savez rien. Vous êtes serveuse chez moi et c'est tout, compris ? Quant à votre gros sac de Portugais, vous n'êtes pas censée connaître ses activités. Votre air abruti est votre meilleur atout. Jouez la gourde à bloc, ma fille. Et fermez votre gueule. Moins vous parlerez, mieux vous vous porterez !

Elle raccroche.

Marthe reste hébétée, l'écouteur en pogne. Je le lui reprends pour le déposer sur son support.

— Les gens sont méchants, elle murmure, le regard embué.

— Pas tous, la consolé-je. Il en est de gentils, seulement ils sont cons. Rentrons.

Tu es un lecteur beaucoup trop avisé pour ne pas avoir pigé la raison de ce coup de turlu à la mère Tatzi.

Eh bien, oui, Françaises, Français, mon idée est de provoquer une réaction de la part de la bordelière, du moins des gens qui utilisent son bouic comme boîtes aux lettres. Je me dis qu'elle va les alerter et que ces mystérieux personnages voudront garantir leur sécurité en « neutralisant » la pauvre Marthe, dont ils ne pourront pas ne pas redouter la faiblesse et, partant, l'indiscrétion.

Alors on bivouaque chez elle, le Gravos et moi.

Elle rejoint son gredin endommagé sur le lit, Béru s'installe à califourchon sur une chaise et pionce, le front sur ses avant-bras, tandis que, stoïque, ton Tantonio tant aimé monte la garde.

Mais la nuit passe et rien ne se produit.

Lorsque l'aube aux mains sales engrisaille la pièce, je commence à piger que mon piège n'a pas rempli son office et qu'il va me falloir m'orienter ailleurs. La bouche amère, le regard brûlant de sommeil, je m'efforce de faire le point. Qu'ai-je à me mettre sous la chaille ? Raphaël Sein a craché ce qu'il savait, crois-je. Reste la mère Tatzi qui m'a l'air d'une sacrée coriace pas fastoche à manœuvrer, et peut-être, à condition de le dénicher, le prénommé Amédée qui introduisit Marthe chez elle.

M'étant levé, j'exécute quelques mouvements assouplisseurs puis m'approche du plumard où repose le couple. La servante roupille, mais son Portugais grimace de souffrance.

Un élan de compassion me biche. In petto, je me traite de fumelard. On exagère de le laisser sans soins, cézigue, avec sa mâchoire et son aile cassées. Non-assistance à personne en danger, ça la fout mal pour des draupers.

— Tu jouis, mec ? je lui questionne.

Il m'adresse un regard douloureux, avec plein de fièvre à l'intérieur.

— Tu me refiles un petit tuyau et je te laisse. Ta gagneuse s'arrangera pour te faire soigner. Moi, je t'oublie, c'est correct, non ?

Son expression prouve qu'il n'est pas dupe.

— Essaie de comprendre, Emilio. Nos méthodes sont particulières parce que je travaille pour les services secrets, ce qui me donne droit à toutes les « bavures » possibles et imaginables et également, à tous les passe-droits. Que tu marnes dans l'attaque à main armée, j'en ai rien à cirer, mon pote. Un jour ou l'autre tu tomberas, mais je m'en torche. Si on a déclenché la grosse offensive méchante, c'est parce que des intérêts nationaux sont en cause. Eux seuls m'intéressent. Tu suis mon développement ou faut te projeter des diapos pour étayer la démonstration ?

Il regarde dormir sa souris. Elle en écrase comme une vache, la Marthe. Ça ne pionce pas beaucoup, une vache, mais intensément.

Il bouge la tête pour ensuite capter le sommeil du Gros. Y a parenté entre les deux dormes. Elles sont animalières.

— On est provisoirement seuls, je lui fais.

Je chuchote pour créer l'ambiance intime. Quatre plombes du mat', c'est l'heure des angoisses pour qui ne dort pas. L'heure où l'on meurt dans les hôpitaux et où les fêtards commencent à réaliser l'étendue de leur gueule de bois.

— Ecoute, Milio, fais une expérience intéressante une fois dans ta vie d'apôtre. Tu me donnes un tuyau et je me taille avec mon esclave. Sinon, on continue de rester là à attendre que quelqu'un vienne prendre de vos nouvelles... Il est temps de réduire tes fractures, mon pote, sinon t'auras un bras de pingouin.

Je me penche sur lui et je susurre dans sa baffle :

— Ton copain Amédée, le photographe, où peut-on le trouver ?

— Qué cé qué lui voulez ?

— Un tuyau. Ça fait la chaîne, comprends-tu ? Tu me dis où il est, je lui demande des nouvelles de quelqu'un d'autre, et ainsi de suite. Le bouche à oreille, c'est la clé de tout succès.

Bandalez exhale une plainte, puis, très vite, alors que je ne m'y attends pas :

— Lé s'appelle Sordini, chez la Madame Scott, 8 boulévard Ducrest-Puscule.

Je plante mes prunelles dans les siennes. Il dit juste, je le comprends... La vérité, ça saute aux yeux.

— Banco, mon grand, je te crois. On va donc te laisser comme promis. Mais avant de filer, je vais te donner un conseil : cassez-vous, la Marthe et toi, le plus loin possible de chez la mère Tatzi, parce que je pressens qu'il va y avoir une sacrée bacchanale dans son secteur et vous risquez fort de morfler des retombées fâcheuses, la môme et toi. Tu m'as compris tu m'as ?

Il bat des cils.

Oui, je suis persuadé qu'il m'a compris.

FIFTH

Comme la lourde porte de l'immeuble est fermée et qu'il n'est pas encore l'heure légale pour les visites domiciliaires officielles, j'en appelle à mon sésame afin de pénétrer dans la crèche. Elle est rupinos. Huit étages en pierre de taille. Chacun étant haut de quatre mètres et comportant d'immenses fenêtres.

A l'intérieur, c'est du marbre rose, et puis des colonnes de même métal, et des carreaux biseautés à la loge de la pipelette qui, dans les quartiers heurffs s'appelle une gardienne, pas mélanger les serviettes et les pattemouilles.

Un tableau des locataires est fixé près de la loge. Je lis que Mme Amélia Scott habite au premier gauche. Ce blaze me dit quelque chose. C'était pas une actrice de cinoche, ça, jadis ? Me semble avoir vu, à la télé, des films en noir et blanc avec ce nom au générique.

On grimpe l'escadrin que feutre un tapis rouge. Il n'y a que deux appartements par étage. Les initiales des locataires figurent sur les paillassons, comme il est de règle dans ces lieux bourgeois. Celui de gauche est marqué A.S.

Le Gros, mal réveillé, tout enchifrogné, louffe avec tant de force que ses pets le propulsent en avant et emplissent la cage d'escalier de vacarme et d'odeurs.

— Parle plus bas, lui dis-je, tu vas réveiller le quartier.

A nouveau, c'est l'opération sésame. Seulement, il existe une chaîne de sécurité à l'intérieur. Serions-nous brimés par quelques maillons d'acier ?

Alexandre-Benoît hausse les épaules. Il ramène le vantail contre le chambranle, s'éloigne de la porte, trouve une posture adéquate, de manière à présenter son profil droit, puis s'élance. Un claquement sec se produit, la porte s'ouvre en grand ; mon pote disparaît dans un hall aux riches tapis. Un bris de bois, verre et porcelaine annonce le terminus de sa trajectoire, car il est allé défoncer une délicate vitrine Louis XVI bourrée de bibelots.

J'entre en vitesse et relourde.

Lumière.

C'est riche, suranné, fané. Une porte s'ouvre et un mec surgit, qui correspond si minutieusement à la description d'Amédée Sordini que ça doit être lui. Il est en pyjama de soie blanc (ou blanche s'il s'agit de la soie), embroussaillé, médusé.

Il nous regarde, la bouche ouverte comme chez le laryngo.

Bérurier ramasse une petite cuiller d'or qui appartint à Mme de Pompadour ou à sa camériste et utilise son manche étroit, finement spatulé pour se curer les cages à miel. Tout en se détartrant les feuilles, il repousse du pied les petits Sèvres brisés, les tabatières anciennes, les sulfures fendus.

— J'ai pas eu l' temps d' sortir mes aréofreins, explique-t-il.

Une dame empâtée surgit dans une chemise de nuit pour pute des années 30, avec du transparent à outrance, des jours, des froufrous et autres conneries à intentions bandantes. Un peu blette malgré ses ravalements en tout genre, la vioque.

Le marrant, c'est que ni elle ni son julot ne

mouftent. Ils sont même plus effarés qu'effrayés. Ils parviennent pas à piger le comment t'est-ce on se trouve là, Béru et moi. Lui, l'épaule du veston constellée de tessons, piétinant allégrement de la rareté en miettes, moi, ultra-superbe, élégant de bas en haut, d'un calme de sardine en boîte. Leur ahurissement, je te jure, tu paycrais pour en faire le tour.

Amélia Scott, c'est bien l'actrice dont je t'ai parlé quelques paragraphes en amont. Tapée en plein, je crois utile de répéter, rincée à mort, mais avec encore du pimpant dans le maintien. M'est avis qu'elle a dû baliser, au temps de son époque héroïque, ou alors, en fin de carrière, s'offrir un vieux lord anglais bardé de sterlinges, auquel elle a secoué le plus gros. Maintenant, médème vit dans le cossu et s'octroie du gigolpince canaille. Le bioutifoul de cette vie singulière, c'est que la pire radasse échouée sur la grève de sa fortune trouve des jeunots chibrés colosse capables de triquer au dollar. Même à septante carats, même à quatre-vingts, elles s'empotent des gus à épieu féroce, contre remboursement. Des gredins qui monnaient leur bitoune, leur jeunesse, leurs forces vives pour s'offrir une Ferrari, la dernière Panthère pur jonc de chez Cartier et des fringues en cuir glacé de chez Smalto.

Je m'incline devant mémé Amélia.

— Très honoré de vous rencontrer, madame Scott, je suis un de vos fans les plus éperdus. Je vous ai vue seize fois dans *Pose ta chique on verra ce que c'est* et dix fois dans *la Vaseline de la passion.*

Mémère a les chairs qui se relâchent vachement en bas de visage. Le poids de la viande. Son bide pendouille également sous le tissu arachnéen de la limouille.

— Qui êtes-vous ? demande-t-elle d'une voix de petite fille à qui l'ordonnateur des pompes funèbres montre sa zézette.

— Nous faisons partie de la Brigade Sauvage, je lui réponds avec un beau sourire trente-deux pièces. Rapidité, efficacité. Notre devise? Le poing est à la vérité ce que la ligne droite est à la jonction de deux points dans l'espace.

Tout en exprimant, je les refoule à l'intérieur de la chambre à coucher d'où ils sont sortis. Un nid d'amour capitonné, soie à rayures et fleurettes sur les murs, lit profond, fauteuils crapauds, tapis, gravures galantes du dix-huitième. Face au lit, un téléviseur grand comme les orgues de Notre-Dame, à écran géant.

— C'est sympa, chez vous, jolie dame, apprécié-je. Vous pouvez vous recoucher, je n'ai qu'une ou deux questions à poser à votre petit ami.

Je bouscule légèrement le dénommé Amédée de manière à ce qu'il chût dans un fauteuil.

Bérurier, intéressé par le téléviseur équipé d'une vidéo, enclenche différents zinzins ; qu'aussitôt un film on ne peut plus « X » majuscule se déroule. Ça représente trois demoiselles en tenue d'Eve à genoux sur une longue banquette, les coudes appuyés sur la table. Derrière elles, il y a trois garnements en tenue d'Adam qui essaient de synchroniser leurs efforts. On les a triés sur le volet, je te prie de croire, car ils sont montés comme des Cosaques. Ils ont des mâchoires crochetées, ce qui ne les empêche pas de crier aux demoiselles comme quoi, « Tiens donc, petite salope », à quoi les interpellées répondent par des gloussements qui évoquent un gargarisme.

— C'est pas *les Trois lanciers du Bangladesh,* note Béru, biscotte ils jouaient en uniforme, mais ça y ressemb'. Si j' comprends bien, maâme et m'sieur s'frictionnaient un peu l'sang, manière d' se donner l'moral ! Faut dire qu' ça porte à l'inspirance. V's 'avez vu comment t'est-ce ils grimpent en ligne, ces gaillards ? Pas feignants, les mecs ! Et ça paraît leur plaire, le sketch, aux friponnes. J' sais pas si c'est du chiqué, mais faut voir comme ell'leur rabotent le copeau à leurs terribles. Merde ! Visez la rouquine du milieu, l'à quel point elle démène du fignedé ! Qu'est-ce elle crille ? « Plus vite ? » Ben, ma vache, elle craint pas d'lu couler un'bielle...

Il ponctue son commentaire de caresses dont la vedette démonétisée bénéficie. C'est le mouvement perpétuel à lui tout seul, Béru ! Increvable, il démarre au quart de tour. La dame, mi-terrorisée, mi-participante, se laisse palper les fluidités sans mot dire.

Quant à moi, délaissant le spectacle hard, je me place sur l'accoudoir du siège où se tient Amédée. Un gars en pyjama, il se sent toujours gêné parmi des pèlerins saboulés.

— Sordini, je lui murmure, selon ma bonne pratique de la roucoulade à bout portant. On est venus sans prévenir, on repartira de même. La seule chose qui risque d'être changée, c'est ta gueule. Il ne tient qu'à toi qu'elle reste nickel ou qu'elle soit transformée en steak tartare arrosé ketchup. Jure-moi que tu comprends ?

— Qu'est-ce que vous me voulez ?

— Je veux que tu me racontes la mère Tatzi, comme si j'y étais. Sa vie, son œuvre ; tu vois le genre ? J'envisage d'écrire sa biographie ; il me faut du vrai et du pathétique ; et surtout rien que de l'exact. Un vanne foireux, et t'as cinq ratiches qui se déchaussent. Un début d'entourloupe et te voilà contraint de respirer avec la bouche jusqu'à ce qu'on t'ait refait un nez convenable. Tu sais reconnaître un homme déterminé d'un employé du tri postal, n'est-ce pas ?

Comme il ne répond rien, je l'empoigne par les revers de son pyjama de soie, le décolle de son fauteuil et le propulse à travers la pièce. Il va emplâtrer la coiffeuse de la chère Amélia et s'abat dans un bris de flacons.

Quand il se relève, il est complètement groggy.

— Reste pas d'vant la téloche, connard! lui glapit Béru, tu m'coupes l'panorama, juste que ces messieurs-dames changent de positionnement pour une minouche géante.

Répondant à son injonction, Sardoni vient reprendre sa place initiale.

— Je t'écoute, mon gars. Grouille! lui dis-je.

Il se met à causer. La voix est oppressée, saccadée, mais il balance. Note que, ce qu'il me dit, je le subodorais déjà. C'est lui le rabatteur de la mère Tatzi. Elle se spécialisait dans la pute plutôt novice, la vioque. Les mômes dévergondées mais qui n'avaient pas encore bouffé du pain de miches. Le bel Amédée tombait grâce à sa belle gueule, force souris délurées et les branchait sur le boxif de La Varenne. Il palpait deux briques par recrue, avec des rallonges parfois, quand il amenait un sujet d'exception. Mais depuis quinze jours, la mère Tatzi lui a dit de stopper le trafic. *Achtung!* Danger! La Poule l'avait à l'œil. Fallait attendre des jours meilleurs...

J'écoute de toutes mes feuilles. Les confidences de messire Amédée d'abord, et les gueulées de la mère Scott ensuite, que Béru entreprend à outrance et qu'il fait reluire plus fort que les trois demoiselles de la superproduction en foutra-vision.

— T'as déjà aperçu des Jaunes dans l'entourage de la vieille maquerelle?

— Je connaissais pas son entourage, j'allais chez elle le matin, pour lui présenter mes petites protégées..

Je saisis un appareil bigophonique moderne, dans les tons marbrés et le dépose sur ses genoux.

— Appelle la vieille, fiston.

— Pour quoi fiche?

— Pour la prévenir que deux vilains pas beaux en ont après elle et qu'ils foutent une merde noire dans ton espace vital. Tu lui dis qu'on s'est pointés chez ta vedette pendant ton absence et qu'on a tout cassé sous prétexte que la mère Scott n'avait rien à nous bonnir à propos de la mère Tatzi. Tu viens d'apprendre la chose et t'es hautement alarmé. Tu veux rencontrer la taulière illico pour causer de ce problème. Si elle refuse de te voir, menace de tout balancer. Chique à mort au gars paniqué. Allez, exécution : je t'écoute. Fais-nous un beau petit numéro, mon pote !

D'aucuns ou d'aucunes vont trouver que je me répète et que cette seconde manœuvre ressemble comme une sœur jumelle à la première ; à quoi je leur rétorquerai que cela fait partie du même plan de harcèlement. Je veux absolument que la vieille Tatzi sente le monstre déclenchement contre elle et qu'elle chocote.

Cette roublarde marchande de culs, y a qu'en la travaillant à pleine pâte qu'on peut espérer l'amollir.

La promptitude avec laquelle elle décroche me fait piger qu'elle ne dormait pas et se tenait déjà sur le pied de guerre.

Je plaque l'écouteur annexe contre mon éventail à libellule.

— Qu'est-ce que c'est ? graillonne la sirène des bidets.

— Ici Amédée.

— Qu'est-ce qui t'arrive ?

— Du moche ; faut absolument que je vous voie dare-dare !

— Explique !

— Pas au biniou, j'veux vous rencontrer ; il vient de se produire du nouveau qui m'emballe pas.

— Quel genre ?

— Deux terribles se sont pointés chez Amélia et ils ont mis son apparte à sac. J'arrive pour vous expliquer...

— Pas maintenant.

Amédée me regarde. Je lui montre mon pote Tu-tues et promène le bout du canon le long de son cou.

— Si, madame Tatzi, tout de suite ; j'ai pas envie de me faire buter pour votre bordel de merde !

Ne le trouvant point encore suffisamment convaincant, j'enfonce le canon derrière sa glotte. Il pige et en rajoute avec l'éloquence d'un maître du barreau (de chaise) :

— Vous rabattre des pécores, ça va. Mais quand ça dérape dans la gadoue sans fond, je crie pouce. Je veux savoir où on en est, et vous avez pas intérêt à me chambrer. Alors, je me pointe et ne cherchez pas à me faire des arnaques, vous le regretteriez.

Estimant que cette péroraison suffit, je coupe la communication.

— Maintenant, habille-toi !

Béru besogne sa vedette en grande voltige. Sa prestation est si belle que je coupe la vidéo où les six gaziers jouent *la Tour de Nestlé* (comme dit le Mammouth) dans le style patronage en folie.

Sa Majesté conforte la vieillarde à grandes chibrées méthodiques. Mémère est à la fiesta, pour lors. Elle en oublie ses Sèvres et ses biscuits brisés. Celui que trempe l'Enorme constituant une compensation de haut niveau, je prétends.

Amédée visionne, tout en se sapant, d'un œil connaisseur.

— C'est une sacrée épée, complimente-t-il ; comment qu'elle se régale, maman !

— Oui, dis-je, elle aura eu un beau jubilé !

C'est éclairé au premier étage de la guinguette. Deux tires sont stoppées devant le restaurant, probable qu'elle reçoit, la vioque. Le jour se lève comme il peut, morose, comme dans les vieux films de Carné.

— Attends, Bébé rose, chope ce gadget.

Je lui glisse un stylo noir dans la poche supérieure de son veston, derrière sa pochette à fleurs.

— A présent tu peux plonger. Certes, il te sera possible de nous biter une fois que tu seras à l'intérieur ; seulement y aurait des retombées fatales pour ta pomme, Médée. Des cruelles. Ton rôle est simple : tu jetonnes à bloc depuis que deux vilains ont saccagé l'appartement de ta poupée d'amour et tu réclames aide et protection. Ton rôle est d'autant plus facile qu'il t'induit à dire la vérité. Partant, tu ne peux pas te gourer. *Go !*

Je le juge pâlichon, l'artiste. Il a les flubes pour de bon, ce qui lui évitera de composer. Ça baignait pour lui, et voilà que, tout à coup, il est précipité dans de vilains marasmes ! Il préférerait cent mille fois être dans les bras de son octogénaire salingue, à se déchirer avec une boutanche de vodka ou de scotch pour trouver la vie jolie.

Il va à la lourde et la martèle du poing. Ses coups résonnent dans mon récepteur, amplifiés qu'ils sont par le micro pronunciatif dont je l'ai muni.

De la lumière surgit au rez-de-chaussette. Bruit de serrure actionnée.

— Je suis attendu par Mme Tatzi, annonce Amédée.

— Je sais, entre !

Relourdage. Double cheminement. On grimpe un escadrin.

Voix de la mère Tatzi : « T'es sûr que tu n'as pas été filoché, le grand ? »

Amédée : « Je ne pense pas ; en tout cas j'ai rien vu. »

Mère Tatzi : « Bon, accouche ! »

Là, j'épargne à mon enfoiré de lecteur bien-aimé le récit de ce que nous sommes convenus que Sordini bradcrait à la maquerelle. Il balance bien, d'un ton posé. Leçon bien apprise et bien récitée. Seulement je perçois un léger bruit en fond. Un bruit un tantisoit grinçant et extrêmement présent. Et moi, j'ai une oreille d'à côté de laquelle celle du pauvre Beethoven n'était qu'une feuille de laitue. Mon ouïe est tellement développée que je peux entendre une mouche En sodomiser une autre.

Je pousse le brandillon du Gravos, lequel somnole, toutes prouesses chibrales accomplies, dans la torpeur saumâtre du petit jour.

— Ce tordu est en train de nous blouser, lui dis-je.

— Tu croyes, gars ?

— Il récite son poème, mais il écrit pendant ce temps. Et puis, en début de tirade, il a tripoté mon micro pour le leur montrer.

— Alors ?

— Alors faut se préparer pour la suite.

— C'est-à-dire ?

— On évacue ma tire. Laisse ton bitos sur l'appuitronche pour garder l'illusion qu'il y a quelqu'un à bord, moi j'accroche mon imper au pare-soleil ; de loin et dans la brumasse du morninge, ils n'y verront que pouic.

On fait. Puis on se rabat sous le couvert des marronniers pour gagner la crèche. Devant l'entrée, des fusains en bac cernent la terrasse. J'indique au Mastar de s'accroupir.

Je regrette de ne plus rien entendre, mais je me console en songeant que, de toute manière, ils ne diront que des trucs destinés à nous chambrer.

On mijote dans les froidures de l'aube et l'engourdissement nous gagne. Le Gros réagit en balançant des louises à tout berzingue...

Au bout d'un quart d'heure environ, deux mecs sortent de la taule. En tenue de motards, avec casques intégraux. Guerriers modernes ! Les nouveaux uhlans de la mort ! Ils contournent l'établissement pour aller récupérer leur bolide, une Yakapadékoné mille centimètres cubes. L'enfourchent et décarrent dans la direction opposée à celle de ma chignole. Le silence retombe après la monstre pétarade.

— On attend encore ou on va commander une soupe à l'oignon ? chuchote le Gros.

Moi, c'est marrant. Mon sixième sens je t'en ai déjà causé, non ? Je renifle des prémices. Y a un je ne sais quoi dans l'air... Mon sub se tient informé et m'avertit de tout. Il m'indique quand c'est le moment d'agir, et aussi quand il convient de ne pas broncher. A cet instant, il m'enjoint d'attendre.

— Ecrase, Gros !

Une louffe pareille à la flamme d'une lampe à souder me fait part de la réprobation béruréenne. Il s'exprime par les intestins, le Mammouth. Il hisse le vent au niveau d'un espéranto.

On mijote encore un peu. Puis un ronflement naît de l'infini, croît et se précise. Je reconnais la tornade des motards. Oui : ils reviennent. Ils sont lancés pleins gaz. Ils passent devant la crèche sans ralentir, enquillent le quai pour se rapprocher de ma guinde. A travers les branchages des fusains, je distingue nettement le gus de l'arrière. Il se tient tout de guingois sur la bécane, genre acrobate. Au moment où le bolide passe à proximité de ma bagnole, il balance quelque chose. La moto et les deux tordus continuent leur rush. Mais deux secondes ne s'écoulent pas qu'une explosion carabinée se produit. Ma Maserati tant aimée est, en un clin d'œil, la proie des flammes, comme on dit puis à propos des scieries bien assurées. Une torche, j'ajouterai même. Si nous étions demeurés à l'intérieur, on cramait comme une omelette norvégienne bicéphale.

— T'es assureré tous risques ? demande Alexandre-Benoît, placide.

Moi, faut reconnaître, je ne suis pas accroché aux biens matériels ; mais je hais toutes les formes de destruction. Alors une rogne grande comme Saint-Pierre de Rome m'empare. Note que la métaphore est mal choisie pour parler de colère. Disons comme la Maison-Blanche, pas peiner le Saint-Père.

Mes poings deviennent tellement compacts que l'acier, comparativement, ressemble à du caramel mou.

Stoïque, j'attends encore. Des gens cavalent en direction du brasier. La foule s'amplifie. Personne ne bronche chez la mère Tatzi. Les occupants attendent que ça se tasse. Ma tire se trouvant à deux cents mètres du bouiboui, qui donc songerait à établir un rapprochement entre l'attentat et l'innocente guinguette close ?

Enfin, la porte s'entrouvre. Amédée paraît. Coup de saveur à droite et à gauche. La voie est libre. Il est suivi de la vieille platinée, vêtue d'un manteau de lynx qui compterait au moins vingt-deux points au *scrabble*. Ils s'apprêtent à la mettre, mémère tient son trousseau de clés pour verrouiller derrière eux.

Bon, alors je me lève.

— Minute, la mère ! Vous nous ferez bien un petit caoua avant de partir ; depuis le temps qu'on se gèle les meules, il sera le bienvenu !

Amédée s'élance pour une décarrade-éclair. Il a pas lu son horoscope du jour, sinon il saurait que son jour de chance c'était avant-hier, car il fonce droit sur Bérurier qui vient de se dresser à son tour. On entend un bruit de défenestrage et le voilà au sol, raide comme le pont de Brooklyn.

Mistress Tatzi n'a pas moufté. Je la refoule dans sa taule.

— Amène ton petit pote ! enjoins-je au Gravos.

— Et la môme qui faisait si gentiment ses devoirs, hier ? demandé-je.

Je viens de pratiquer une inspection minutieuse des lieux et n'ai trouvé âme qui vive.

— Chez une tante, rétorque mamie Tatzi.

— Par prudence ? Vous sentiez venir le gros sac de nœuds ?

Elle ne répond pas.

Mister Amédée sort des vapes, la frime drôlement jaspée de bleu et de vert dans la région maxillaire.

— Je t'avais prévenu, mon joli, lui dis-je. T'as choisi de nous blouser, maintenant on va te présenter la note.

— J'ai rien fait, pleurniche-t-il.

Je biche un bloc correspondance couvert de phrases tracées à la va-vite.

— Et ça ? Tu veux que je fasse faire un examen graphologique pour prouver que c'est toi ?

Je lis à haute voix :

Gaffe ! Je suis accompagné ! Deux gus dans la Maserati sur le quai. On nous écoute.

— Tu me prends pour qui, mec ?

Il plonge du pif.

Je m'adresse alors à Béru :

— Moi, je vois les choses de la manière suivante, mon gros... Cette pauvre dame est seule, honnête tenancière d'un honnête restaurant. Un de ses clients, une espèce de petite frappe nommée Amédée Sordini, s'introduit chez elle, au petit jour. Il la neutralise et la contraint d'ouvrir son coffre-fort mural dissimulé dans sa chambre, derrière une commode. Car il y a bel et bien un coffiot dans votre piaule, la mère, pas vrai ? Non content de se goinfrer avec le contenu du coffre, ce pâle salaud se met à torturer la malheureuse pour lui faire dire ce qu'elle manigance avec une certaine équipe de Jaunes. A bout d'endurance, elle s'affale. Mais le gredin ne s'est pas rendu compte qu'elle avait ce pistolet sous son oreiller.

Je sors de ma fouille l'arme en question, que j'ai enveloppée de mon mouchoir et la montre au couple.

— Au moment où il s'apprête à vider les lieux, reprends-je, mâme Tatzi lui vide le chargeur dans les endosses. C'est pas exactement de la légitime défense, mais les jurés sont toujours bienveillants avec les dames âgées et, pour une fois que l'une d'elles se sera rebiffée, ils l'acquitteront, je vois ça comme si j'y étais.

Je rengaine la pétoire.

— Ça pourrait s'appeler *Histoire d'un fait divers*, malheureusement, Jean-Jacques Gauthier a déjà pris le titre pour un de ses polars.

L'Amédée, il est à deux doigts de la gerbance, tu verrais. Cadavérique, on appelait ça, jadis, dans les petites livraisons sur papier torche-cul.

— Allez, on met le cap sur la chambrette à madame pour la première partie du scénario.

Nous y v'là, tous quatre. Sa Majesté fourbue dort debout comme les gros bourrins de la garde républicaine pendant une prise d'armes. Faut dire que la lime porte au roupillon. Un homme essoré a besoin de récupérer.

Je prends une chaise que je place contre la lourde et invite mon Valeureux à s'asseoir. Moi-même j'en monte une autre, en amazone, sans me départir de mon pote Tu-Tues.

De la pointe du canon, je désigne le coffre à Sordini. Un beau monument dû au génie de la Maison Fichet. La commode déplacée le livre aux convoitises dans toute sa splendeur riche en chromes.

— J'ai décidé de ne pas me casser la nénette, Amédée, c'est à toi de décider mémère à déponner sa tirelire. Si elle y consent, t'as droit à une indulgence partielle et on passe à la question suivante. Si elle refuse, je raconterai à la mère Scott que ta dernière pensée fut pour elle, histoire de lui désendolorer l'âme.

Je bigle ma montre.

— Il est cinq plombes et vingt broquilles. Je te laisse jusqu'à la demie pour la convaincre. Passé ce délai, t'auras une minute de rab pour prier, des fois que l'imminence du trépas te provoquerait un retour de religion au carburo. Allez, top ! C'est parti.

Ce qui suit est riche au plan humain. Une foultitude de sentiments complexes s'échelonnent. D'abord, t'as la gêne. Médée se grattouille la nuque, embarrassé. Quant à la mère Tatzi, elle est sauvagement drapée dans sa dignité. Elle tient la barricade et faut pas s'approcher que sinon elle va nous chier des bulles carrées, la vieille houri.

Sordini se racle la gorge.

— Vous l'avez entendu ? fait-il à la douairière.

Ça lui presse la détente à mémère, ô pardon ! Le feu à la mèche. Et c'est pas du cordeau Bickford qui musarde, lésine, serpente. De la mise à feu directe. Tchaofff !

— J'ai entendu quoi, hé, empaffé ! elle explose. Tu vois pas qu'ils te chambrent, ces deux gugus ? C'est des flics, rien que des flics à la manque qui cherchent à jouer les terreurs. Ils blablatent pour impressionner les lavedus de ton espèce ou cette crétine de Marthe. On les connaît tous les deux. Le gigolpince à trois balles, c'est le commissaire San-Antonio ! Un charmeur de bonniches. Et l'autre, Bérurier, son adjoint, la rigolade de la Rousse française. Y n'pense qu'à bouffer, tu lui donnes de la merde en sauce, il torche son assiette jusqu'à ce qu'en reste plus.

Du coup, v'là le Mastar réveillé. Il se dresse, mais je lui ordonne de s'écraser.

Elle me plaît, la Tatzi, dans son grand numéro d'indignation. C'est de la mégère de choc. Elle se laisse pas bidonner facile.

— Amédée, j'interviens, tu trouves logique qu'on balance une bombe sur un charmeur de bonniches et un boulimique scatophage, toi ? Du moment qu'ils ne sont pas dangereux, c'est prendre un sacré risque pour pas grand-chose, non ?

Je vais à la croisée et je regarde l'épave encore fumante de ma biturbo autour de laquelle s'activent agents et pompiers.

— Les commissaires à trois balles et les sacs à merde ont-ils l'habitude de pénétrer chez les gens comme on l'a fait chez ta vieille peau tout à l'heure ? Ils ont l'habitude de casser la mâchoire et le bras des délurés comme Emilio, le pote de Fleur de bidet, la servante ? Tu réfléchis et tu décides. Je te fais simplement remarquer que tu viens de paumer quatre minutes sur les dix que je t'accordais. Si dans trois cent soixante secondes t'as pas obtenu le résultat que j'attends, tu vas dégueulasser le tapis. Note qu'il vaut pas grand-chose : il est chinois. Ç'aurait été un Chiraz pur fruit, je t'aurais assaisonné dans la salle de bains, par respect des œuvres d'art.

— Allons, madame Tatzi, ne faites pas la mauvaise tête, ouvrez-le votre bon Dieu de coffre ! il supplie.

Elle lui crache à la gueule.

— T'es qu'une lopette, mon gars ! lance-t-elle avec conviction.

Alors là, elle a manqué de psychologie, la vieille daurade faisandée. Il s'énerve pour de bon, mon barbiquet.

— Hé ! dis, la vieille, je crie pouce ! hurle soudain Amédée. T'imagines pas que je vais crever pour tes yeux de vieille chouette déplumée, non ? Te rabattre des frangines, ça va. Qu'elles chopent des coups de bite dans ta taule ou dans les bois de Saint-Cucufa, la différence est pas grande et j'encours pas les assiettes pour autant. Je suis jeune, moi. J'ai un avenir. Ton coffre, ma salope, tu vas le deverrouiller illico sinon je te massacre ! Et pas sur ordre : pour le plaisir ! T'entends, morue ? Pour le plaisir !

Il la pousse vers le coffiot.

— Allez, au tas : craque-moi ça d'urgence !

— Non, mais ça va pas, espèce de petit trou-du-cul sans poil ! Tu te figures que j'ai peur de toi ? T'es juste bon à appuyer sur le bouton de ton Nikon, paumé !

Il change de registre, le gamin. Il écume. La rage et la trouille confondue le survoltent, le propulsent dans les pires extrémités. Il cueille un vase d'opaline sur la commode. Un très ancien, de couleur bleue, avec un col de cygne. Il brise la partie renflée sur la bordure de marbre.

— Délourde ou je te l'enfonce dans le bide !

Et puis il attend pas qu'elle réagisse et lui flanque un coup sévère dans la brioche. Elle porte un pantalon en élastis résistant, mais un tesson laboure l'estomac à mémère au-dessus de la ceinture et son chemisier blanc devient rouge, tout à coup. Elle y porte la main. Ses doigts poisseux l'effraient.

Elle bredouille :

— Non, mais t'es jobastre, l'artiste !

Un phénomène que j'ai déjà eu l'occasion de remarquer à maintes reprises : un pleutre, lorsqu'il lui arrive de faire couler le sang, il est en crise aussitôt. Ça le dope ; il se croit téméraire et se soûle de son faux courage. Médée, il la biche par sa tignasse platinée, la Tatzi, la fait volter et virevolter, lui claque le museau, la fout à terre, la roue de coups de pied méchants. La piétine. L'insulte. Lui dit des choses impossibles. Comme quoi elle est la plus pourrie des putes de l'Univers. Qu'elle ressemble à une diarrhée verte. Qu'il va lui défoncer le bide pour dégager sa tripaille en grande décomposition. Qu'il passera sa sale gueule à la moulinette. Qu'il la découpera en morceaux et l'évacuera par les chiottes, tout entièrement. C'est la grande crise. Il la compisse pour étancher son sang. Il est au fin fond des délirades, le tendeur. Il liquide son contentieux avec les vieilles radasses qu'il a sabrées pour assurer son pain quotidien. Elle paie les frais,

Tatzi, toutes les copulations gériatriques qu'il leur a perpétrées à ces dames vieillardes. Il se met à jour. Se venge le zob compromis dans trop de pots pourris. Il en peut plus de ces tarderies non-mouillantes qui sont obligées de se lubrifier avec Astra. Plus de ça, Lisette ! Il liquide et s'en va, Amédée. Il a des instincts égorgeurs tout soudain ; l'est devenu Jack l'Eventreur, le Vampire de Dusseldorf, Petiot, Landru, Vacher le tueur de bergères. La manière qu'il l'assaisonne, la douairière ! Par-devant et par douairière ! Vlan ! zim ! boum ! pif ! paf ! poum ! Au tas !

C'est seulement la fatigue qui l'arrête.

Exténué, modifié, hagard, haletant, il frappe encore la radasse, à petits shoots misérables. Un automate !

Et puis il s'arrête et contemple son œuvre : ce paquet de hardes éclaboussées de sang.

Mes sentiments, je te les passe sous silence. La honte me tarabate. J'ai comme une envie de gerber ma vie. Et puis celle des autres, en prime. De tous les autres, si pauvrement bipèdes, perdus dans la lente agonie de l'existence. Le monde n'est fait que pour les sadiques ; le reste doit se racler le pus avec un tesson de cruche.

Béru, pourtant collectionneur avisé de gnons, chtards, taquets, parpins, mandales en tout genre, croit devoir interviendre :

— Repose-toi un peu, Chourineur, la Mme chef pute est à point pour nous déponner sa cassette.

Mamie Tatzi, je te gage qu'elle en a morflé des dérouillées sévères au cours de sa vie aventureuse, des corrections de haute volée, si je puis dire. Des tabassées monstres qui lui laissaient des lunettes de soleil mémorables et lui boursouflaient les labiales, façon négresse à plateaux ; des roustes à grand spectacle à la suite desquelles elle béquillait pendant des jours, fêlée, luxée de partout ; mise à mal par ses tabasseurs soucieux de lui apprendre « à vivre ». Mais y a longtemps qu'on ne lui a pas infligé une telle trempe.

Affalée sur le plancher, elle réussit à filer un reste d'œil valide sur son bourreau. Ses lèvres éclatées remuent à travers une bouillie sanglante :

— Je t'aurais pas cru capable de ça, Médée. Mais t'es donc un vrai jules.

Ce qui te prouve qu'elle a le tempérament profondément radasseur, la vioque. Sa réaction, c'est l'admiration. A bientôt soixante carats, elle déguste en gourmet la volée féroce. Pour un peu, elle prendrait un dernier panard superbe et en redemanderait.

— Ta gueule, fumière ! hurle le névropathe en lui décochant un coup de tatane dans les cerceaux. Grouille-toi d'ouvrir ton coffre ou je te crève !

Il la biche par le col de sa robe et la traîne devant la porte blindée.

La pauvre chérie tente de se soulever, mais n'y parvient pas.

— Je suis rincée, bonhomme ! elle bredouille. Ouvre-le toi-même, mon coffre, je te donne le numéro, regarde ce que t'as fait de mes mains...

Elle tente de présenter ses griffes tordues, n'y parvient pas et les laisse retomber.

— Je vais t'indiquer le système...

Le gonzier se place à genoux devant la porte et attend les instructions.

— T'as deux boutons cannelés, Médée. Celui de gauche comporte des lettres, celui de droite des chiffres. Avec le bouton de gauche, tu composes le mot « flics », au pluriel. Avec celui de droite, tu fais 1515, la seule date de l'Histoire que j'aie jamais pu retenir.

— Doucement ! grogne Amédée.

Il est en sueur, triomphant.

— Flics, t'as dit ?

— Vas-y doucement, que chacune des lettres se place pile devant le petit trait.

— O.K.

— Maintenant, les chiffres ! 1515, la bataille de Marignan.

Elle ricane, se laisse retomber sur le côté et s'allonge le long du mur.

Le photographe au paf d'acier exécute la manœuvre.

— Et maintenant ?

— En haut de la porte, t'as un motif chromé qui représente une étoile.

— Et alors ?

— Appuie ton pouce dessus et tourne sur la droite, tu vas sentir l'étoile pivoter. Quand elle aura fait un quart de tour, elle se dégagera de l'épaisseur de la lourde, formant poignée, t'auras plus qu'à tirer dessus.

J'adresse un claquement de doigts au Gros pour attirer son attention. Il tourne la tête vers moi et m'interroge du regard. D'un signe je lui ordonne de me rejoindre près de la croisée. Il obéit.

— Quoi t'est-ce ? me demande-t-il.

Je n'ai pas le temps de lui répondre car une détonation brutale se produit. Un braaoum sec et violent.

C'est l'ouverture du coffre qui a déclenché la chose. Amédée tombe lentement à la renverse, criblé de grenaille. Sa tête et son buste ne forment plus qu'une plaie. Il a les yeux crevés, les joues hachées, le cou en charpie. Le cher garçon n'a pas eu le temps de dire ouf !

Le long de son mur, la mère Tatzi exulte. Elle en oublie son académie sinistrée.

— Ah ! je mouille ! Je mouille ! glapit cette hyène platinée. Bien fait pour sa gueule ! Qu'est-ce qu'il croyait, ce lavedu de mes fesses ! Hystéro qui se prenait pour un dur ! Vous avez vu, les hommes, comme je lui ai fait sa fiesta. Elle connaît la musique, la mère Tatzi ! Moi, mes éconocroques, je les confie pas aux banques, je les garde à dispose ; seulement je prends mes précautions. J'avais prévu qu'on puisse me torturer pour m'obliger à délourder. Alors j'ai fait placer un dispositif qui ne fonctionne que si tu fais le « s » de flics. Sans le « s », ça s'ouvre normal; avec le « s », t'as droit à une grenade. Une chouette fabrication polonaise? Les Polaks, y ne font pas que des papes et des Chopin! Vous avez apprécié cette mazurka, messieurs?

Elle jubile tant tellement d'avoir bousillé son tourmenteur qu'elle en oublie le fâcheux de sa situasse. Une vraie bête fauve pensante!

Le Dodu me biche à l'épaule.

— T'avais prévu ce circus, grand? me demande-t-il.

— J'ai eu l'intuition de quelque chose quand la mère Tatzi s'est plaquée le long du mur. Comme tu te tenais en arrière-plan, mais face au coffre, j'ai eu le réflexe de te placer hors champ.

— Eh bien, mon cher baron, je te vous en sus très r'connaissant, déclame l'Heureux. Biscotte si tu veux bien j'ter un z'œil sur l'mur, là où j'me tenais, tu voiras qu'il allait déguster un bath surplus, ton pote!

Dominant ma répugnance, je vais bicher feu Amédée par les chevilles et le traîne sur deux mètres pour libérer l'accès du coffre. Une fumée brune s'en dégage, âcre, étouffante. J'essaie de ventiler en agitant un coussin devant, seulement ça stagne et il faut attendre un bon bout de moment pour pouvoir travailler sérieusement.

Quel pactole!

A première vue, tu croirais un mur de briques. C'est compact mais avec des espèces de rainures géométriques. Ça garnit le fond du coffre comme le ferait un revêtement d'amiante. J'enfonce la main dans ce garnissage et tire; ramenant ainsi une liasse de billets verts. Des dollars. Chaque bifton est de cent piastres! Et il y en a cent par liasse, ce qui donne, si mes calculs mentaux sont aussi parfaits que mes calculs rénaux, dix mille dollars par liasse. Et les liasses, pour les compter, asseyons-nous, prenons notre machine à calculer avec mémoire et débranchons le téléphone, pas qu'un coup de turlu tempestif vienne nous faire chier la bite au milieu des zéros à roulettes !

Une appréciation globale m'amène à estimer que le total de la cagnotte se situe entre trois et quatre millions de dollars, en admettant que toutes ces liasses fussent composées de biftons de cent points.

— Eh ben, dites donc, maman, vous aimez le vert, on dirait ! m'exclamé-je.

— C'est des vrais ? demande Béru.

La question fait bondir la Tatzi.

— Non, mais qu'est-ce tu t'imagines, gros sac, que je vais accumuler les faux talbins !

Elle ajoute, nostalgique :

— Toute une vie de labeur, les mecs ! J'ai toujours fait confiance aux Ricains. Dès mes premières passes, je me garantissais en verdâtres. C'est devenu une marotte. Vous tenez là ma raison d'être.

— Et vous comptiez les dépenser quand, la mère ? questionné-je.

Elle brame :

— Vous parlez d'un emmanché, ce type ! Les dépenser ! T'as donc rien pigé à rien, beau marle ? Quand on accumule, c'est pas pour dépenser, c'est pour avoir !

— Bon, vous avez une montagne d'osier, et après ?

— Après, rien.

— Qui va le palper, cet auber ?

— Je m'en torche, hé, Glandu. C'est pas plus pour après que pour dépenser ; c'est pour maintenant et pour le posséder.

Elle médite un instant, cherche une position plus tolérable, car sa tabassée l'a brisée, et la trouve, dos au mur, les jambes repliées sous elle.

Le ton pâle, elle murmure :

— Vous allez me le piquer ?

— Non, ma douce, c'est pas le genre de la baraque ; on est des bonshommes à solde, nous autres : la pagouze en fin de mois, les primes, les notes de frais... L'intégrité, c'est notre coquetterie. On pourrait se goinfrer, se remplir les vagues à bloc, en foutre plein nos matelas, mais notre pied est ailleurs.

Mon baratin ne la rassure pas, loin de là.

— Alors, ça va être pour les œuvres de la police ?

— J'en ai rien à branler. Voyez-vous, ce blé amerlock, je vais m'en servir pour traiter un marché.

— Qu'est-ce que tu débloques, gamin ?

— Je vais vous acheter vos secrets avec ces dollars, mamie Tatzi. Vous raffolez des dollars, moi des confidences, on peut donc s'entendre.

Je la sonde de toute ma perspicacité, aussi vaste que la connerie universelle, tu le sais. La cupidité et l'espoir flambent dans ses yeux futés de vieille morue partante pour toutes les régalades.

— Vous allez piger, ma brave dame. On va mettre en place le dispositif de notre marché. A quoi bon se presser ?

J'ai retapissé une cheminée de marbre gris dans la pièce, dont le foyer est masqué par un panneau de laque plus ou moins chinois représentant des dragons cracheurs de flammes. Je l'en libère et actionne la tirette commandant le rabat de tôle intérieur destiné à couper le tirage. Je le relève, passe ma main dans l'âtre et sens un souffle frais.

Sur le lit, il y a un journal que je froisse et auquel je mets le feu. Il s'embrase rapidement, sans causer de fumée. Je me saisis d'une liasse de dollars, ôte la bande de papier qui la corsette et fais pleuvoir les billets verts sur le journal en feu. Tout crame.

— Non, mais t'es branque ! crie la vieille. Brûler de l'artiche, comme ça, pour rien, faut avoir le bulbe fêlé, merde ! Empêche-le, toi, le gros lard ! C't'un illuminé, ton commissaire ! T'as les pieds qui adhèrent, toi au moins !

Béru s'empare d'une deuxième liasse à laquelle il fait subir le sort de la première. Du coup, la Tatzi pousse des glapissements atroces qu'elle a su contenir quand Sordini la dérouillait, mais maintenant, c'est trop pour cette grippe-sous. Elle rameute au charron, la charogne ! Clame qu'au secours, on la tue ! La grande scène de *l'Avare !* De Funès femelle !

— Arrêtez votre beuglante, sinon je continue l'autodafé ! tonné-je.

Ça la calme.

— On y passera la journée, et puis la nuit, et encore demain s'il le faut, la mère, mais vous allez cracher tout ce que vous savez ! Tout ! Tout ! TOUT ! A chaque hésitation, c'est une liasse qui flambe. Un mensonge et on en fait cramer dix. D'accord ? Quand vous vous serez totalement mise à table, alors on vous abandonnera avec votre fraîche et votre macchabe et vous vous réorganiserez comme bon vous semblera. Si vous essayez de donner l'alarme aux gars que vous aurez mouillés, ça vous retombera sur le nez et vous aurez droit à leurs représailles ainsi qu'aux miennes. Ça m'ennuierait de perturber votre troisième âge à ce point. Vu ? On commence !

— Minute, intervient le Mastar. Je descends chercher la moindre des choses en cuisine, y commence à faire faim dans ce bordel sans culs !

2

LE JAUNE DE L'ŒUF

SIXTH

Bien que tu sois un grammairien modeste, tu n'es pas sans savoir que le verbe « bidouiller » appartient au premier groupe, tout comme les verbes aimer et sodomiser, ce qui rend sa conjugaison aisée.

J'en suis à son passé composé au moment où je te reprends mon prodigieux récit.

— J'ai bidouillé, me dis-je à brûle-pourpoint dans mon rétroviseur. Tu as bidouillé, ajouté-je à l'intention de Béru, lequel dort à mon côté en un tas malodorant. Il a bidouillé, conviens-je, à son propos, renforçant par là sa responsabilité. Nous avons bidouillé, rectifié-je quelque peu en un pluriel englobeur. Comme il ne m'est pas possible de nous contempler l'un et l'autre, je cesse de décliner les deux dernières strophes, ce qui est dommage, surtout pour le « vous avez bidouillé », car j'adore les vers de six pieds de long.

Reste à te préciser le sens de « bidouiller ». Il signifie approximativement « merdoyer ».

Opérant, selon ma célèbre habitude, un bref récapitulatif des chapitres précédents, la cruauté de mon résumé m'apparaît dans toute son horreur. Qu'avons-nous fait, nous que voilà, bandant sans fesses ? On s'est joué une sorte de *Boléro* de Ravel. Interrogeant des gens sauvagement tout en leur promettant l'impunité, ce qui n'est pas très compatible avec notre glorieuse profession de poulardins. On a juré aux uns et aux autres que s'ils s'affalaient, ils auraient droit à ma considération, à la retraite anticipée, à l'indulgence plénière de la Justice et autres fariboles. En réalité, il y a eu un mort et pas mal d'éclopés et je suis sans bagnole provisoirement, obligé de rouler dans une Estafette à la con de la Rousse. Est-ce ta fête? Sûrement pas pour moi qui raffole des tires puissantes aux reprises qui vous collent contre le dossier de votre siège.

On vient de s'accomplir un morne boulot de basse police. Cognant, houspillant, menaçant, brisant gens et choses.

En une sarabande de cons, je revois mes tristes personnages : Amadeus, Raphaël Sein, Emilio Bandalez, la môme Marthe, Amédée Sordini, Amélia Scott, et surtout la mère Tatzi et ses chers dollars, si tuméfiée qu'elle faisait peine à regarder, cette maquerelle de haut lignage, aristocrate de la prostitution. Empaffée à la retraite qui, vaincue par l'âge et ne pouvant continuer de faire « boutique son cul », exploite le cul des autres...

Une seule image gracieuse dans cette cohorte de cloportes : Diana Van Trilöck, si belle, si rayonnante, aux lignes pures, à la peau veloutée, à la chatte gourmande; Diana que je devine époustouflante en amour, partenaire surchoix pour contes de fées érotiques. Diana à laquelle je songe, au creux de ma fatigue et que j'aimerais emmener dans une chambre douce aux rideaux tirés afin de m'en faire : un oreiller, un édredon, un matelas, une amante (dans le désordre).

Je pile à un feu rouge, provisoirement vert, pour éviter d'emplâtrer une vieille baderne furibarde qui me traite de voyou et me brandit sa canne devant le pare-brise. Je lui envoie un baiser. La baderne égosille des mots qui ne me parviennent pas. Puis, comme dix-huit voitures se sont déjà agglutinées derrière la mienne, klaxonnant à outrance, le kroum à canne se décide à rallier le trottoir, évité in extremis par un motard qui le traite de vieil enculé, et comme je le comprends !

Petits, menus, infimes incidents de la vie quotidienne, mais qu'au fil du temps, vous érodent. On est sans cesse en butte. On reçoit des éclaboussures. On en projette soi-même. Nous ne sommes qu'une effroyable grouillance de dégueulasses en perdition, qui crèvent et se renouvellent si bien que personne ne s'aperçoit de rien ; bravo et merci d'être venu !

Ne te formalise pas de cet accès de pessimisme : chaque fois que je suis mort de fatigue, je prends conscience de l'existence, d'à quel point elle est merdique et, à la limite, un peu superflue. Mais quoi, bon : faut s'en accommoder, non ?

Deux choses simultanément mobilisent soudain mon attention. A ma droite, s'élève un hôtel et, par miracle, il y a une place de stationnement disponible presque devant. Je me range donc. Et j'administre une bourrade à Messire. Le dormeur Duval (son apéritif préféré) s'arrache à ses langueurs beaujolaises et regarde l'arrière d'un camion sur lequel est peinte une énorme tête de cochon.

— Qu'qu'c'est-t-il t'y ? groumeule l'Hellequin.

— Non, tu n'es pas devant une glace, mais derrière un camion de chez Olida, ton couturier préféré, Alexandre-Benoît.

Je lui désigne l'hôtel.

— Viens, je t'offre quelques heures d'extase.

Le Digne ouvre sa bouche grand comme la porte d'un hangar à Boeinge 747, ce qui permet une vue dantesque sur sa langue de vache, ses gencives violettes et ses chicots noirs.

— Qu'est-ce y débloque, çu-là ! murmure l'Informe, se parlant à soi-même, ce qui est le cas des simples lorsqu'ils sont aux prises avec un dilemme.

Espose-moi ton problo, mec, t'as les mœurs qui capotent ou quoi ?

— Simplement, j'ai sommeil, et toi tu dors. Avant de s'occuper des Jaunes, on a besoin de récupérer. Il est huit plombes du mat'. On va en écraser jusqu'à quatorze heures et alors nous serons conditionnés pour affronter nos samouraïs. Je sens que le style va changer. La discute, les baffes dans le museau, ça marche avec les ploucs d'Europe. Chez les kamikazes, faut trouver son second souffle et s'inspirer de méthodes plus sophistiquées que le coup de pompe dans le prose.

On éberlue un peu la taulière en lui demandant deux piaules à cette heure de la matinée. Je lui montre ma brème pour la rassurer, lui explique qu'on a besoin de six plombes de ronflette et qu'elle sera gentille de nous réveiller à l'heure dite. Elle se détend et nous délivre le 502 et 306. C'est Mauricette, une petite brunette délurée, avec un charmant tablier rose sur sa blouse verte qui nous pilote. On convoie tout d'abord Bérurier, puis elle m'escorte au 502.

— Je vais donner un petit coup d'aspirateur dans votre chambre, elle propose. Elle n'a pas été faite.

— D'accord, mon petit loup.

Elle fonce chercher son Tornado rotatif à injection directe. L'engin fait un boucan pire qu'aux Vingt-quatre Heures du Mans.

— Parfait, lui dis-je, laissez-le ronfler et venez me border, j'ai davantage besoin qu'on m'aspire le glandulaire que la poussière.

Elle me répond que je suis un petit coquin.

Je ne la contrarie pas sur ce point et la bascule sur le pucier. Heureusement que l'aspirateur monthléryse à tout va, car ce putain de sommier lance des plaintes forcenées, le gueux !

Moi, tu me connais, j'appartiens à la section d'élite des voluptueux, pourtant j'admets qu'en cas d'urgence, la troussée soudarde a du bon. La mignonne tringlette au travers du plumard, c'est réjouissant, quasi joyeux. Ça fait bien augurer de l'humanité. On comprend, quand on calce ainsi une frangine pas bêcheuse, à la bonne franquette, qu'on est tous frères après tout. Frères et sœurs. Cousins, cousines. Amis, amies. Le pied simple et tranquille, sans flafla ni circonlocutions. Le panard à l'amiable, primesautier. Bonjour, bonsoir ; après les blablutions on n'y pense plus. De temps en temps, ça dégage les voies respiratoires et autres.

Mauricette (c'est bien Mauricette que je l'ai baptisée ?) encaisse sa dose pafière. Le mutin coït inattendu, au débotté si j'ose dire. Ensuite, elle me demande poliment la permission d'user de ma salle de bains pour se faire le Sacre du Printemps rapidos.

Elle est bien élevée, moi je trouve.

Je reviendrai.

Mon sixième sens, à moins qu'il ne s'agisse du sept ou huitième, je me gaffe pas à la numérotation, me soustrait aux vapes avant que le biniou grelingue.

Ma tocante m'annonce treize heures quarante-huit. Encore douze minutes de campo.

Je me passe un coup de pierre à fusil sur la pensarde. Toujours attaquer avec l'esprit bien aiguisé.

Les aveux de la mère Tatzi me reviennent dans l'encéphale. L'historiette, je t'en fais un sandwich pain de mie-beurre : elle a eu comme pensionnaire une mignonne Japonouille extra-délicate dont tous ses clilles raffolaient. C'est cette môme qui, un soir, de sa voix fluette, lui a proposé de servir de boîte aux lettres à des « amis de Tokyo ». Rien à craindre. Elle serait grassement payée. En dollars, a exigé mémère. Banco ! La bonne affure ! Les gens munis du mot de passe

(S.J.P.D.) (1) se voyaient proposer la chambre Myosotis. Ils accrochaient leurs fringues dans un placard mural communiquant avec la pièce contiguë. Pendant qu'ils tiraient leur crampette jolie (ou qu'ils faisaient semblant) la mère Tatzi explorait leurs poches et y récupérait une enveloppe qui, chaque fois était marquée d'un rond rouge (détail que Sein Raphaël a omis de me donner). Elle remettait les vêtements en place et conservait l'enveloppe dans son coffiot jusqu'à ce qu'un Jap vienne la chercher au bar ou au restaurant. Comment prévenait elle ?

Tout bêtement, en accrochant le fanion de la « Chaîne des Cent Grandes Gueules » au cuisinier de carton en faction devant son restau. Le soir même, des messieurs couleur safran venaient claper ou boire chez elle. Ils lui demandaient si M. Meyer était passé et elle leur remettait l'enveloppe en échange d'une autre, bourrée de dollars. Après l'arrestation de Raphaël Sein, deux Japs sont venus la trouver, ils lui ont refilé un sacré paxif de talbins en lui recommandant de mettre le compteur à zéro. Elle devait expédier ses demoiselles en vacances et remplacer le placard truqué par un vrai. La vieille, du moment qu'elle affurait un monceau de blé, elle était partante. Elle carbure qu'à l'artiche, la Tatzi. Elle a accepté le marché et s'est drapée dans les prudences extrêmes.

Je lui ai demandé si d'autres gonziers que Raphaël Sein venaient user de sa boîte aux lettres ; elle m'a assuré qu'il y en avait d'autres, mais pas des habitués, eux. Des cas ponctuels. Ils lâchaient le mot de passe, montaient en faire une, disparaissaient après s'être laissé secouer leur enveloppe.

En est-il venu d'autres depuis qu'elle a mis ses filles en disponibilité ? Non, non : personne.

(1) Abréviation de « si je puis dire ».

Bon, et alors, les deux malfrats qui ont incendié ma Maserati, ils débarquaient de la planète Mars ?

La baronne du Bidet m'a avoué qu'après le coup de turlu de Marthe, elle a pris peur et a voulu parer à la tempête qu'elle sentait venir sur son échelle de Beaufort. Elle a turluté à un truand de ses relations avec lequel elle était maquée jadis et qui lui a dépêché deux chevaliers de l'Apocalypse pour la protéger. Cela s'appelle, dans le mitan, « assistance à personne en danger »... Les deux terribles ont employé les grands moyens, comme j'ai pu le constater. Après s'être fait tirer l'oreille, mamie m'a refilé le blaze de son vieux protecteur, que je me promets de « visiter », quand cette histoire nipponne sera réglée.

Ma breloque annonce moins trois de quatorze heures. Je bâille. Ce somme m'a colmaté les brèches et redonné ma fraîcheur de jeune fille. Paré pour l'action, l'Antonio. D'éclat, de préférence.

Puisque je n'ai pas grand-chose de caché pour toi, l'artiste, je peux t'avouer que mes dispositions sont les suivantes : j'ai placé une équipe à moi en planque chez la Tatzi. Et puis la vieille poupée a accroché son fanion-signal au cuistot-enseigne. J'ai sur moi un bib-bip d'appel et, s'il y a du nouveau, mes boy-scouts m'alerteront. Mais je n'espère pas beaucoup en la manœuvre. Tu m'ôteras pas de l'idée que les Japs sont bien trop marles pour piquer une tronche dans cette béchamelle. Alors je vais essayer autre chose, mon fils... Sein Rapahaël prétend qu'il travaillait pour le K.K. Boû Din. Il s'agit d'une association de terroristes japonais, spécialisée dans le vol de documents. Ces mecs supérieurement organisés piquent dans tous les pays occidentaux ce qui présente un intérêt militaire ou scientifique universel et le revendant aux plus offrants (parfois même à leur propre victime). L'argent résultant de cette gigantesque piraterie est mis à la disposition des groupes d'intervention ayant pour mission d'assassiner et de bombiner à tout va sur notre pauvre planète.

Toc toc !

— Oui ?

— C'est Mauricette, il est l'heure...

Je me délite d'un sursaut de trampoleur pour courir lui ouvrir, car, malgré mes cogitations professionnelles, j'ai le réveil triomphant, et l'idée de lui faire rebelote me séduit. Elle s'y attend car elle est toute pimpante, en civil, dans un costume de velours beige un peu trop masculin pour entretenir ma flamme. Dans les questions de désir physique, faut rien toucher à ce qui a déjà porté ses fruits, sinon une désilluse charnelle s'opère et t'as le goumi qui t'interprète *Poupée de cire poupée de son* sans préalable.

— J'ai dit à ma patronne que vous préfériez être réveillé comme ça plutôt que par le téléphone, déclare la friponne. Mon service est terminé, mais je...

Elle ferme soigneusement la porte au verrou et me refoule jusqu'au plumard. Moi, tu m'excuseras, fillette ; mais pour lors, je reviens à mes préoccupations.

Le K.K. Boû Din...

Mes potes des S.R. sont mal informés à son sujet, mais ils pensent toutefois, selon certains indics plus ou moins dignes de crédit, que la section française aurait des accointances avec un restaurant japonais de Passy le *Yaton Ton Kébon.* Ce tuyau sous toutes réserves. Ils tiennent le propriétaire de l'établissement à l'œil, mais jusqu'ici l'observation n'a rien donné. On m'a refilé les coordonnées du bonhomme, un certain Yamaha Késouton Ku, demeurant 18 rue Gaston-Debois, à Denfert.

— Ou a é air en sé a o ose ! remarque Mauricette, la bouche pleine.

Je réfléchis pour apporter à sa phrase le complément qui va la rendre compréhensible. M'aidant de l'intonation, je la traduis par « Vous avez l'air de penser à autre chose ». Ce qui est juste, ma foi, et je lui en demande humblement pardon. Mon indifférence n'est guère polie et la jeune ancillaire pourrait espérer d'autres marques de reconnaissance. Ce n'est pourtant pas faute qu'elle s'active, comme disent les grand-mères. C'est une excellente chipolateuse, Mauricette. Technique solide, cœur à l'ouvrage, salivaires en ordre de marche, on ne peut rien lui reprocher. Je lui accorde dès lors l'attention qu'elle mérite, ce qui l'empêche de proférer la moindre syllabe.

Pour me parler, elle doit surseoir un instant à ses délicatesses.

— Je continue ? elle me demande poliment.

Mais son expression me laisse augurer qu'elle préférerait un engagement plus complet de sa personne.

— Mets-toi à ton aise, môme, soupiré-je en lorgnant ma tocante.

Elle ne se le fait pas dire ni une ni deux, la vorace.

Bon, en un tournemain et un tombé, la voilà disponible pour jouer Récrée à deux. Je lui interprète l'enfourchement d'Attila, mais à peine dans la ronde, mon bib-bip se met à lanciner.

M'm'zelle Mauricette sort ses aéromiches en catastrophe.

— Qu'est-ce y s'passe ?

— Je te demande un instant, ma gosse, faut que je turlute illico.

Je bondis sur le bigophone. La moukère, éplorée, se dit que l'intempestif va me déglander Popaul et, par des manœuvres qualifiées souffle sur mon âtre pour y maintenir le feu sacré.

C'est la mère Tatzi qui dégoupille. Je me nomme.

— Bougez pas, ronchonne-t-elle.

La voix de Mathias, mon valeureux Rouquemoute, supplée la sienne.

— On vient d'avoir un appel, me dit-il, comme j'ai

branché un enregistreur sur l'appareil, je peux vous le faire écouter.

— Vas-y.

Il tripatouille dans son matériel, puis je perçois la sonnerie d'appel de la mère Tatzi. Au troisième, la vieille décroche.

« — Mère Tatzi, j'écoute...

« — Ici un ami de M. Meyer...

(La voix a l'accent nasal des Asiatiques ; tu croirais toujours qu'ils ont un double bémol dans le tarin, ces braves gens.)

« — Ah ! bon ! rétorque la pompeuse de dollars.

« — Si j'en crois votre pavillon, vous êtes affiliée à la chaîne des Cent Grandes Gueules ?

« — En effet, m'sieur. Et prête à recevoir des membres de la confrérie. Ça me ferait rudement plaisir.

« — Pour quelle raison ? s'inquiète placidement la voix.

« — Parce que j'aurais des tas de choses à leur dire.

(Un court silence, puis, le correspondant extrêmo-oriental :)

« — Eh bien, j'en ferai part à des amis.

« — C'est ça, j'y compte ! »

Elle raccroche. Bravo pour cette vénérable pétasse. Quand tu lui confies un rôle, elle sait le tenir avec brio.

— Vous avez entendu, patron ?

— Oui, c'est une bonne surprise. Naturellement, la ligne de la vieille est sur écoute ?

— Vous le pensez bien, seulement...

— Seulement le zigoto n'a pas jacté assez longtemps...

— Exact. Je fais néanmoins procéder aux premières recherches.

— Je ne pensais pas qu'ils mordraient à cet hameçon.

— Hum, ça ne s'appelle pas vraiment mordre.

— Tout de même : ils continuent d'observer la Vieille et le fanion les énerve. Cela dit, s'ils se risquent à quelque chose, ce sera par la bande. Demande des renforts, Rouquin. Que toute personne qui se présentera chez la mère Tatzi, vrai ou faux client, soit suivie automatiquement. Prends des mecs futés, des vrais pros de la filoche.

— Comptez sur moi.

— Il y a eu du monde à midi ?

— Pas un chat.

— La môme Marthe ?

— Elle n'est pas venue, par contre le personnel de cuisine et le barman sont là.

Je raccroche. On dirait que le temps s'éclaircit, non ?

— Je peux ? demande immédiatement la coquinette.

Sacrée Mauricette ! Une vraie nature d'élite. Quand un bioutifoul braque passe à sa portée, elle décroche fissa son filet à papillons !

Je lui souris.

— Tu peux, mais on va presser le mouvement, tu m'excuseras.

Bon, la voilà qui se remet à table et me remet sur orbite (S.J.P.D.). Tout va bien. L'instant de sonner la Diane va arriver.

Mais ouichtre ! Quand un sort malin empêche de triquer en rond, vaut mieux surseoir carrément. Cette fois, c'est le Mahousse qui tambourine.

— T'es paré, l'artiss ? Moi j'sus déjà acharné de pets en câpres (1).

(1) Le professeur Sauvy que je viens de consulter, m'assure que Béru veut dire par là qu'il est « harnaché de pied en cap ». On peut lui faire confiance.

San-A.

— J'arrive !

Je tapote le michier à Mauricette.

— Remballe ton bloc opératoire, ma guenille rose, je te compenserai ça une autre fois, le devoir m'appelle.

Il a la frite un brin sinistrée, le devoir. Sa forme a gonflé ses valoches sous les yeux et rechargé de rouge ses globes oculaires. En six plombes sa barbe naissante est devenue broussailleuse, piquante comme un cactus mal rasé.

— Tu prendrais pas un'p'tite collection avant de t'fout'en route, gars ?

— Y a donc que la jaffe, dans ta vie de goret ! m'emporté-je mécontent de ce coup rentré.

Il soulève sa paupière la moins lourde pour m'examiner, surpris par ma mauvaise humeur.

— M'sieur l'commissaire, me commencerait-il pas un'p'tite ménopause vite faite su'l'pouce ? s'inquiète l'Effarant.

Il ponctue d'une sonorité inidentifiable, dont je n'arrive pas à déterminer si elle lui vient de l'hémisphère nord ou de l'hémisphère sud. Il est dur à caser dans les salons du *Jockey Club*, Béru.

La rue Gaston-Debois est une artère comme je les aime : balzacienne, bordée de maisonnettes grises avec, çà et là, un jardinet limité par une grille rouillée. Elle ne mesure pas plus de cent mètres et conserve en ces temps troublés une déconcertante sérénité provinciale. On n'y perçoit pas d'autres bruits que ceux produits par les quelques petits artisans installés là, dans une torpeur végétative dont on sent bien qu'elle va disparaître bientôt et pour toujours.

Un garage cubique, au volet de fer remonté, laisse voir un ferblantier à l'ouvrage, lunettes à souder sur le visage, la casquette plongeante, les mains bellement crasseuses. Plus loin, c'est un bouif qui martèle la semelle dans un antre obscur... Quelques chats papelards traversent la chaussée, s'attardant sous les voitures en stationnement.

J'aperçois une vieille femme derrière une fenêtre, l'air d'être embusquée là depuis le début du siècle. Je lui souris, elle me fait la gueule. Les gens refusent le contact. Ils préfèrent crever seuls. Ou alors, ils ne pensent pas qu'ils vont crever, sûrement ça vient de là, leur hostilité. Moi qui meurs depuis que je suis au monde, je continue mes tentatives du sourire tendu comme une fleur ; combien l'ont accepté à ce jour ? J'ai beau fouiller ma mémoire, je n'y trouve que quelques visages éclairés dont les yeux me disaient « d'accord », me disaient « merci », me disaient « tiens, prends aussi ». Mais tout ça, ce n'est que lamenterie de faux poète. Il devrait écrire des vers, l'Antonio. Faire rimer ciel et miel, toi et moi, Job et zob.

— Tu vas y rend' visite, ton Japonouille ? s'informe le Malsonnant.

— Nous allons.

— T'as rien cont'lui, que des hypothèques faites par les tordus du S.R.

— Il m'est arrivé d'aller voir des gens avec un dossier plus mince encore.

J'abandonne l'Estafette devant une entrée de garage dont la porte vernie comporte un agressif panneau de non-stationnement. Et même y a un écriteau qui glapit que c'est propriété privée ! Qu'ils ont tort d'afficher ça, les ultimes possédants, biscotte, du train que vont les choses, c'est plus leur propriété qui sera privée, mais eux qui seront privés de propriété. Tu penses, un monde qui rétrécit tant tellement avec tous ces cons envahisseurs et leur putain de vitesse, merde ! Qu'on allait en pèlerinage à Chartres, fut un temps ! T'imagines ? Péguy revient : il se flingue lui-même, le pauvret.

Le 18 de la rue Gaston-Bedois, c'est une maison de deux étages, la plus grande de la rue, avec un bout de jardin, un appentis couvert de tôle ondulée, et l'inévitable garage. Un portail rouillé, sommé d'un arc en fer auquel s'enroule le pampre d'une glycine. J'aime bien le mot « pampre ». Faut déjà avoir une certaine culture pour le flanquer dans un book policier, moi je trouve.

Une chaînette pend, terminée par une poignée de fer qui ressemble à celle des signaux d'alarme dans les vieux trains. Un brin d'émotion me caresse l'âme parce que ça me rappelle notre entrée de Saint-Cloud ; pour lors, j'évoque Félicie en train de vaquer, pendant que son fils « divaque » dans une affaire tarabiscotée, qui commence par un Hollandais disparu, se poursuit par une bordelière parisienne cupide ; continue par des jaunes mystérieux et s'achèvera Dieu sait comment, en eau de boudin ou de roche, va-t'en savoir, un romancier, tout ce qui lui passe par le citron...

Onc ne répondant, je tourne la poignée et la bobinette choit. Les gonds grincent pareillement que les nôtres, là-haut. J'entre, Bérurier sur mes talons. On va au perron, une nouvelle sonnette, électrique cellelà... Je la presse. Une longue vrillance chatouille l'assoupissement de la maison. *Nobody!*

On se regarde, Mister l'Incongru et moi.

Il hoche la tête.

— Vas-y, t'en crèves d'envie. J'espère que le taulier se rabattra pas pendant la visite touristique.

A moi, sésame. Je dois m'activer car la serrure est vachement coriace. Pour tout dire, y en a plusieurs, et des vrais qui te posent des colles comme les opuscules contenant les *Mots masqués de poche.*

Enfin j'ai gain de cause. La porte est blindée. Un froid redoutable règne à l'intérieur. De toute évidence, cette baraque est inoccupée.

A peine le seuil franchi, on sent qu'on se trouve dans un autre univers. A des milliers de kilomètres de

Pantruche. Les odeurs avant tout. Des parfums étranges, peu compatibles avec nos narines occidentales. Et puis, dans l'entrée, vide de tout meuble, trône un bouddha sur un socle de bois doré. Un gros lard hilare qui ressemble à Béru. A droite, y a un salon, très chichement meublé d'une table et de quelques chaises de bambou. Au plafond, des lanternes... japonaises. C'est insolite car la vieille tapisserie mémère subsiste. Avec des scènes de chasse à la con : épagneul neurasthénique tenant un faisan mort dans sa gueule, chiens d'arrêt à la patte levée, vol de canards triangulaire dans des auréoles d'humidité. Ça fouette la délabrance...

La cuisine qui fait face n'est pas équipée. N'y subsiste qu'un tabouret laqué blanc, plus ou moins esquinté.

Je grimpe au premier. Puis au second. Toutes les pièces sont à peu près vides, si l'on excepte, çà et là, une natte posée sur le plancher.

C'est rare, à notre époque de surpeuplance, de trouver une grande maison inoccupée en plein Paris.

Je le fais observer à Bérurier.

Il se contente de branler ce que tu sais, et de soupirer :

— Louche, louche...

— Personne ne crèche ici, t'es bien d'accord ?

— Turellement.

Nous nous retrouvons devant le bouddha. Sa présence me trouble dans cette demeure si peu apte à l'héberger. Il fait quoi, céans, ce gros gus ? Il assure la présence de Dieu ? Un dieu jap, mais notre Dieu à tous, faut admettre et accepter, y en a pas trente-six. Ce qui diffère seulement, c'est l'image qu'on s'en fait selon notre parallèle.

— Bredouilles, fais-je.

Je sors dans le jardin abandonné qui ressemble

presque à un coin de cimetière. Lui, il est resté français.

Je pense à ce bouddha brun, ventru et rigolard, seulabre dans cette maison déserte. On doit, de temps à autre, faire brûler des bâtonnets devant lui car une odeur subsiste, que je connais bien pour l'avoir reniflée dans des temples d'Extrême-Orient.

— Ohé, l'aminche !

Je me volte. C'est le Pachyderme, debout dans l'encadrement de la lourde. Tudieu ce que son ventre est gros ! Il réussit à le passer entièrement à l'extérieur tout en demeurant, quant à lui, dans la bicoque.

D'un hochement de menton il m'invite à le rallier. Il a son air de gros maquignon venant d'enviander un nabus.

— Quoi ?

— Descends au sous-sol avec ton petit outil, y a un truc machin chose dont j'voudrais y voir plus clair.

Il me drive derrière l'escalier, là que se trouve celui de la cave.

Au bas des marches, se trouve un quadrilatère encombré de rebuts divers. J'y jette un z'œil.

— Mais non, pas ça, crème de gland !

— Alors quoi ?

— T'es aveug', tu vas falloir ach'ter une canne blanche, mon minet !

Il a le geste du semeur pour me désigner un mur de briques dans lequel prend une porte de fer peinte au minium.

— J'veux bien qu't'es plus intello qu'maçon, dans ton espèce d'genre, mec. Pourtant, y a pas b'soin d'sortir d'la fac d'cimenterie pour piger qu'c'mur n'est pas d'originel et qu'il est récent, mords les joints : y n'sont pas tout à fait secs.

Il ajoute :

— La porte est fermée à clé.

Pris en flagrant délit d'incapacité, j'avale mon

humiliation et me jette sur la porte comme un marin américain descendu de son porte-avions se jette sur une pute.

Là encore, la serrure proteste ; mais à cœur vaillant, rien d'impossible, et rien n'est plus vaillant que mon sésame dans le domaine de la serrurerie.

Cric, crac, la chasteté s'en va. Le vantail de fer cède sous ma poussée d'Archimède égale au poids du liquide déplacé, livrant accès à un local obscur. Un énorme commutateur est à portée de main. Il déclenche un déferlement de lumière aveuglante, froide et implacable comme des lumières de laboratoire. Nous découvrons une pièce d'environ six mètres sur quatre dans laquelle sont alignés six espèces de bacs blancs munis d'un couvercle bombé. Au pied de chacun, est fixé un étrange appareillage composé de compteurs et de câbles électriques reliés à un bloc mural.

— C't'une laverie automatique ? suggère le Prédominant..

Au lieu de répondre, je m'approche du premier bac dont je soulève le couvercle. Vide. L'intérieur est revêtu de polyester blanc. Un second couvercle, transparent celui-là, permet d'apprécier la finition de l'intérieur.

— Putain d'merde, à quoi slave peut-il servir ? s'enrogne mon ami.

Il soulève le second couvercle et le laisse retomber aussitôt.

— Ben merde, ça surprend ! bafouille-t-il.

Je vais renouveler son geste et alors... T'es assis, j'espère ? Non ! Ben assieds-toi ! Ah ! t'es couché ? Alors, reste-le ! Il a raison, Prosper : ça surprend.

Dans le deuxième bac se trouve une vieille dame japonaise, vêtue d'un kimono de soie violet et qui paraît extrêmement morte.

— Elle est en vrai ? balbutie l'Hydropique (du Capricornes) (1).

— J'en ai bien l'impression. On l'a mise en hibernation, Gros.

— Comme les marmottes ?

— Plus ou moins, oui.

— Pour pas qu'elle daube ?

— Si l'on veut.

J'examine les cadrans ; je n'y connais pas chouïette mais il me semble bien que l'un d'eux indique une température de moins trois cents degrés.

— Elle est vraiment clamsée ?

— Si elle ne l'était pas, elle s'enrhumerait sûrement.

Je vais alors vérifier le contenu du troisième bac. Oh ! pardon, ne vous dérangez pas pour moi, je ne fais que passer, tandis que vous, vous ne faites que trépasser (2) !

Dans le troisième container, repose une jeune femme qui, elle aussi, porte un kimono violet. Jolie, à sa manière. La figure large comme une roue de rechange, tu connais les Japs ; le soleil levant c'est avant tout leurs frimes en plat d'offrandes. Le rond rouge, sur leur drapeau, c'est ni plus ni moins que la silhouette de leur tronche.

Elle est blême, mais artistiquement maquillée. De la porcelaine ! Ses cheveux noirs, coiffés façon pièce montée avec des peignes comme des ridelles de charrettes siciliennes, accusent le fond de teint absolument blanc. On s'est vraiment mis en frais pour la jeune morte.

(1) J'écris Capricorne avec un « s » parce qu'il en a deux, Alexandre-Benoît, et des chouettes : une vraie ramure !

(2) Jeu de mots d'un extrême mauvais goût, mais qui m'a été commandé par ma blanchisseuse.

Cette femme du bout du monde, couchée dans ce cercueil réfrigéré, a je ne sais quoi de fascinant.

Je tire de ma fouille le petit Minox gros comme une boîte d'allumettes qui ne me quitte jamais et profite de la lumière surabondante pour kodaker les deux mortes.

Ensuite, on remet tout en place et on s'en va.

C'est pendant que j'interroge la vieille dame embusquée derrière sa fenêtre, celle qui ne fait pas de différence entre un sourire et un colombin écrasé, que mon bip-bip se met à turluter.

Mathias a du nouveau. Comme on dit quand on ne trouve rien de mieux : les événements se précipitent !

Bon prétexte en tout cas pour aller s'en jeter un au troquet du coin puisqu'il est équipé du téléphone. On n'arrête pas le progrès, comme me le disait M. Liniel, l'autre jour, ou p't'être que c'était mon frangin Frangin, je me rappelle plus bien, mon cervelet a des spasmes.

SEVENTH

— Qué zaco ? me demande en italien Béru à la vue d'un petit caillou perdu dans la monnaie que je viens d'étaler sur le comptoir.

— Un souvenir, lui réponds-je.

Comme il paraît dérouté, je m'explique :

— Les souvenirs en or, on te les vole, je préfère les souvenirs sans valeur marchande. Ce caillou, c'est une femme qui l'a ramassé au moment où je lui disais « Je t'aime » et qui me l'a tendu. Il signifiait « Je t'aime aussi ». Il est toujours chargé de ce message...

Le Surgonflé exhale un soupir en forme de renvoi express.

— T'es sentimenteux, tézigue. Un caillou en guise d'souv'nir... Si qu'elle t'aurait donné sa culotte, j'eusse mieux pigé...

J'achève d'introduire ma morniflette dans le gobe-artiche de l'appareil téléphonique mural.

Mathias décroche. Il sait déjà que c'est moi et paraît surexcité comme un pou dans la toison intime de Mme Thatcher.

— Ça flambe, du côté des Japs, commissaire. Ils ont rappelé voici dix minutes ; bougez pas, je vous passe l'enregistrement.

Est-ce qu'on tiendrait le bon bout, Agénor ? Soudain

joyce tout plein, je me mets à siffloter en attendant que l'Incendié ait fini de brancher ses bitougnets.

— Vous y êtes, patron ?

— Je.

Une voix asiate :

« — Madame Tatzi ?

« — Elle-même, répond la dure à cuire du pain de fesses.

« — Ici un des amis de M. Meyer.

« — Ah bon !

« — Nous aimerions parler avec vous.

« — Et moi donc !

« — Pour cela il nous faut prendre certaines précautions.

« — On n'en prend jamais assez, glabahute la daronne.

« — Vous pouvez venir à l'église Saint-Eloi-le-Juste, dans le dix-huitième ?

« — Ben, s'il le faut...

« — Vous avez une voiture ?

« — Bien sûr.

« — Alors, arrivez. Vous entrerez dans le confessionnal qui se trouve à côté du baptistère, ensuite vous attendrez.

« — J'attendrai quoi ?

« — Que nous nous manifestions. Bien entendu, vous devez venir seule.

« — D'accord. »

On raccroche de part et d'autre.

Le gars Mathias revient en ligne, comme un vaillant poilu de Quatorze :

— Qu'en dites-vous ?

— Ben, qu'elle doit aller au rendez-vous.

— Elle est déjà prête.

— Bien entendu, l'église en question doit être discrètement surveillée. Mais attention : du doigté ! Dis-toi que les mecs sont en place et qu'ils veillent au grain. Selon moi, cette histoire de confessionnal n'est qu'un relais. Des instructions doivent y attendre Mémère pour un autre rendez-vous.

— C'est également mon avis. J'envoie quelqu'un vérifier avant la venue de Mme Tatzi ?

— Surtout pas, connard ! L'équipe du K.K. Boû Din a tout préparé. Si nous nous manifestons, ils sauront que nous sommes à pied d'œuvre. Pour l'instant, ils s'en doutent seulement. Qui surveille l'église ?

— Pinaud ! Il va jouer le sacristain et allumer des cierges.

— Magnifique ; enfin tel qu'en lui-même. Et puis ?

— J'ai demandé que Thérésa, notre consœur de la Brigade de Répression aille s'exercer à l'harmonium. Elle va prendre quelques enfants avec elle pour faire vrai. Vous ne la connaissez pas ? Une vraie cheftaine dans son genre.

— Le curé est prévenu ?

— L'archevêché s'occupe de le mettre au parfum gentiment : il restera dans son presbytère.

— Eh bien, voilà du beau travail, rapide, net et précis. T'es un vrai chef à toi tout seul, Rouillé, comme tous les gus de ton espèce qui font la vaisselle à la maison. Félicitations.

— Merci, répond-il sèchement. Cela dit, quelle attitude doit avoir Mme Tatzi lorsque le contact sera noué avec les Jaunes ?

— Naturelle : elle dit tout. C'est mon nouveau cheval de bataille, la vérité. On annonce la couleur, carrément, et on voit venir. Ainsi, elle ne risquera pas de se gourer.

— Bon.

Je le sens amer, le Mathias. Dans le fond je viens de me montrer vachard avec lui. De quel droit me permets-je de mortifier un collaborateur aussi zélé et gentil ?

— Mathias !

— Monsieur le commissaire ?

— Franchement, je te trouve superbe dans tes initiatives et je te dis bravo.

Rasséréné, il gazouille un « merci » mélodieux comme du Verlaine.

Le bistrotier nous guigne d'un œil sombre derrière sa cirrhose du foie en pleine évolution. Il est gris, ridé, avec un regard jaune et de grosses pustules blanches plein la poire. Il pue le négligé.

— Vous êtes des flics, naturellement ? il bougonne en torchant le cul d'un verre mal lavé.

— Et alors, ça t'dérange ? l'apostrophe Béru. Encore un qui s'déclare anti-poulet et qui appelle Police-Secours dès qu'un crevard vient faire du suif dans sa taule !

Sa Majesté se prend la colère à deux mains et s'emporte.

— Ça commence à bien faire, tas de chieurs ! il tonne, Tonton. Ça hurle à l'insécurité et ça crache sur la Rousse pour faire le mariolle ! Boug' de vieux cancrelat ! Vise-moi ce pot à merde, derrière son rade, Sana ! Y n'tient d'bout que grâce à son zinc, ce t'espèce d'espèce ! Eh bien, mouais, m'sieur, j'sus t'un flic ! Et t'pisse au train ! Et si t'serais pas content, j'peux casser ta cabane aussi pro'p'ment que n'importe quel malfrat, t'entends, boug'd'vieux lavement d'occasion ?

Il est arc-bouté au comptoir, mon pote, le secoue à l'en arracher. Le taulier se met à geindre, à supplier, à pleurnicher qu'on l'a pas compris, que les perdreaux, c'est son bonheur, les dernières vraies joies de sa vie de veuf. Il les raffole bien de partout, messieurs les flics ! Ils sont la gloire de la République, plus forts encore que l'école laïque. Il déplore qu'on ne les paie pas mieux, ces pauvres. Tenez, il offre sa tournée, manière de prouver ses bons sentiments. Est-ce qu'on voudrait pas goûter à ses rillettes de la Sarthe ? Il est de là-bas, c'est son neveu qui les fabrique. Un surdoué. Merluchard, il se nomme. Il a eu le deuxième grand prix de rillettes au concours départemental.

Mais on le largue en pleines jérémiades après que j'eus jeté un talbin sur le rade ; on se retire drapés dans nos mépris et nos chagrins. Incompris, ô combien. Eternels parias de la société que nous défendons ! Chargés de toutes les bavures, de tous les opprobres ; persécutés à tout jamais ; vomis, sanieux, troués. Juste bons à laisser nos misérables peaux sur les pavés des faits divers quand l'occasion se présente.

Il marche à vastes enjambées, Mgr Cassetout. Renaudant ses noires rancœurs.

Je le calme d'une bourrade.

— Laisse quimper, Gros ! C'est pas d'aujourd'hui que l'humanité pue des pieds. En tout cas, ça baigne pour nous. Comme quoi, faut jamais hésiter à avoir de l'espoir.

Et de lui résumer ce que tu viens d'apprendre en même temps que moi, ô mon lecteur privilégié.

— Si j'comprends bien, on va à la messe ? demande-t-il pour conclure.

— Pas tout à fait. On se contente de croiser dans les parages de l'église, mais tu pourras prier à distance si tu veux.

Il me faut, à cet instant, user d'un procédé littéraire dont je n'use pratiquement jamais et qui consiste à narrer dans la chaleur du présent une chose qui va se produire un peu plus tard et à laquelle je n'assisterai pas. Certes, je pourrais laisser filocher l'action, te la décrire, reçue par moi, c'est-à-dire la livrer telle que je la reçois moi-même, mais mon tempérament de romancier m'emporte et, pour ton bien, je le laisse faire. Entre la conscience du citoyen et la conscience professionnelle, existe un no man's land que je saute à pieds joints.

Ne me remercie pas : c'est la moindre des choses.

*
* *

Mère Tatzi se pointe devant l'église Saint-Eloi-le-Juste. Je te signale au passage qu'Eloi fut le trésorier de Dagobert Ier avant de devenir le patron des orfèvres et des forgerons, et qu'il vécut dans les années 600, ce qui ne nous rajeunit pas. Comment ? T'en as rien à branler ? Et ta culture, dis, minable ? Quoi ? Tu préfères rester en friche plutôt que de te faire chier la bite à mémoriser des conneries pareilles ? Libre à toi, mon pote ; mais retiens bien ce que je vais te dire : mourir analphabète, c'est mourir deux fois. Cela dit, tu peux aller te faire voir, mettre et aimer chez les Grecs, Zoulous et coiffeurs pour dames.

Or, donc, reprends-je, mère Tatzi (surnommée la mère maquerelle supérieure) débouche, non les éviers mais sur la place de l'église. Ne trouvant pas de place pour garer sa voiture, elle stoppe au pied des marches du parvis et recule un peu de manière à ce que la Renault 5 se trouve exactement devant le panneau d'interdiction de stationner. Après quoi, en femme prudente, elle la verrouille et gagne le porche.

Saint-Eloi-le-Juste a été bâtie au seizième siècle avant Jésus-Christ, de ce fait elle est très obscure, comme toutes les constructions de cette époque ; je vois chez moi par exemple...

En pénétrant dans l'église, mamie Tatzie se signe après s'être humidifié l'extrémité des salsifis dans le bénitier de marbre. Puis elle a un petit coup de génuflexion en traversant l'allée centrale pour gagner le confessionnal indiqué par son correspondant. Drôle de lieu qu'une église pour fixer un rembour quand on est japonais, donc bouddhiste ou shintô.

Mémère retapisse la guitoune à péchés et écarte le bout de rideau chargé d'isoler le pénitent. Elle se dit qu'au cours de sa vie galante de gagneuse, elle a sûrement entendu dégoiser davantage de saloperies que la grille de ce confessionnal. Tous ces mirontons tenaillés par leurs glandes et qui rabattaient dans son secteur pour lui confier leurs fantasmes, elle te les mettrait bout à bout, la vioque, tu parles d'une chaîne d'arpenteur, mon neveu !

Bon, alors elle s'agenouille et elle attend. Dans son idée simplette, son terlocuteur a dû prendre place dans le compartiment du prêtre. Mais elle a beau se détroncher pour tenter de voir à travers la grille, le logement contigu lui semble désert.

Et voilà qu'un léger signal d'appel qui n'est pas sans évoquer une sonnerie de téléphone quand on a foutu de la ouate à l'intérieur de la sonnette retentit.

Ça vient d'au-dessus de sa tronche. Elle lève les yeux. Oui, oui, ça y est : elle avise un objet sombre accroché au ras du plaftard. Se dresse, l'attrape. Il s'agit d'un talkie-walkie. Sur l'engin un carton est scotché. Dessus, y a écrit : « Pour parler, appuyez sur la touche noire et relâchez pour écouter. »

La révérende mère Tatzi a déjà vu des films de guerre à la téloche. Et puis des flics dans les rues quand ça bouchonne trop et qu'ils s'annoncent la couleur à distance. Elle porte l'appareil à hauteur de sa bouche et presse le bouton noir.

— Voilà, j'écoute, chuchote-t-elle.

Elle relâche. Une voix prend le relais. Asiatique comme les précédentes. Mais une voix de femme, douce, sucrée, proférée par une bouche que la vieille pétasse imagine peinte en vermillon extra.

— Merci de vous être dérangée. Voulez-vous m'expliquer ce qui ne va pas ?

Mémère renquille la touche noire. Elle est sans complexe. Jacter, pour elle, fait partie de sa nature profonde. Non seulement elle a beaucoup écouté pendant son apostolat dans le frifri, mais elle a également beaucoup jacté.

Alors elle y va de sa complainte. Deux messieurs, hier, un beau et un gros... Dans la nuit, Marthe, sa serveuse qui... Et puis au petit morninge, Amédée, son rabatteur *number one*... Et alors, bon, on fait sauter ma tire dans l'espoir de nous neutraliser, mais ils ont une veine de cornards, ces perdreaux de merde... On opère une descente... Son coffiot... Le gars Amédée devient tortionnaire par trouille. Ça lui porte la cerise car il morfle une bombine en pleine poire... Nous, on la dépouille de son article pour la faire jacter. Stoïque, elle ne parle pas. On lui a engourdi toutes ses piastres, à mamie Tatzi. Les éconocroques d'une vie. Elle a compté, ça représente plus de quarante mille pipes et pas loin de cent mille coups de verges. Et certaines, d'icelles, espérez du peu mes bonnes gens, ont pas été toujours fastoches à encaisser. Elle te vous dit pas ça ! Elle en a pris des mastardes, comme évidemment des Japonais montés façon colibris peuvent pas se faire une idée. Des longues, pis que l'avant-bras. Des arquées, en forme de boomerangs ; et, sans compter les très navrantes, en chewing-gum tressé aurait-on dit, qu'il fallait se mettre sur orbite avec un chausse-pied en faisant semblant de trouver ça délectable.

On l'a dépouillée de tout, Mamie ; ç'a été la grande pillerie voyouse. Elle pleure. Elle y croit. D'évoquer ce mensonge la met en transe. Il a suffi qu'on lui crame deux liasses d'U.S. dollars pour lui donner la notion précise de la catastrophe intégrale. Elle imagine le dépouillement total, façon trappiste, juste un coin de terre à remuer pour préparer sa tombe. Elle dit que ça lui revient vachement grisol de servir de box-office, médème. Le péril jaune, elle y voit clair maintenant, elle sait à quoi il correspond. D'une chialerie l'autre, elle se met à espérer des rallonges bien superbes. Des fois qu'ils vont lui abouler un bouquet de compensation, va-t'en voir. Elle a accroché le pavillon pour les prévenir, ces gentils Jaunets. Il faut qu'ils sachent tout de son courage à Tatzi. Le comment elle se sera laissé dépouiller sans s'affaler. Une vaillante à qui on ne peut pas tirer les vers du nez. Oh ! que non ! impossible. Elle a été dressée par messieurs les hommes, elle ; à l'époque où il en restait encore, avec des burnes et des poings gros commak ! Des super-macs dont les casiers judiciaires étaient longs comme une nappe de banquet ! Elle en oublie où elle se trouve, la Mamie. D'ordinaire, on chuchote dans la guitoune aux fantasmes. Elle, fume ! La gueulanche. Elle renifle du Lincoln, du Washington, du Franklin, toute la grande famille dollars ! Allez, les verts !

Elle va tâcher moyen d'en affurer au passage. Faut toujours bondir sur les aubaines, saisir l'opportunité. Elle voit la grande brèche par où passer la pogne pour s'en gaufrer un max. Chiquer à la collaboratrice dévouée, tout en laissant entendre que si elle était moins hermétique du clapoir, vous m'avez compris vous m'avez, messieurs les samouraïs ? Bon.

La femme qui jacte dans l'autre talkie, elle reçoit le flot en plein dans ses mignons tympans nippons. Elle cherche pas à protester. Elle ponctue même pas d'onomatopées. Faut dire qu'avec ce système de « à toi, à moi », on peut guère tenir une converse à bâtons rompus. Alors elle laisse la mère Tatzi dégorger tout son soûl. Et puis, bon, à court d'arguments, aux limites de l'aphonie, la marchande de culs finit par la boucler.

— Vous avez bien tout compris ? elle questionne encore avec les quelques centimètres cubes d'oxygène qui lui restent dans les soufflets.

— Oui, tout compris, dit la Japonouille. Je vous mets en contact avec quelqu'un qui va solutionner ce problème ; restez à l'écoute.

Tatzi répond « Je reste ».

Ce seront ses derniers mots.

Elle a juste le temps de percevoir une modulation stridente avant que son appareil lui explose dans la main, déchiquetant sa vieille dextre fripée de branleuse ainsi que la moitié droite de son visage.

En une fraction de seconde, la tenancière de la guinguette est devenue une *non étante.* Dans l'église, espère, ça produit un sacré vraoum, tu penses, avec les voûtes, la nef, tout ça...

Le sacristain délabré qui ranimait des cierges, chandelle parmi des chandelles, s'avance au maigre trot de son arthrite ; et aussi la demoiselle Lombec qui triturait l'harmonium pour lui faire glapir « Seigneur, ô Seigneur, Tu es le calme et le repos ! ». Les chiares qui l'escortaient se sont dispersés fissa du côté du chœur, en pleine panique.

Et pour lors, je cesse d'user de mon procédé narratif annoncé sur le parvis pour bondir, car, depuis la place où je stationnais en double file devant le bistrot-P.M.U. où Béru justifiait notre planque en misant vingt balles sur Jus de Fruit III dans la deuxième. Ce badaboum me file la courante. Il en finit pas de s'échapper de l'église, telle la fumée d'un incendie. Les ondes chahutées par les échos archimédiévaux se bousculent à la sortie. Je vois déboucher une chaisière fringuée en veuve professionnelle ; criant à tue-tronche que Satan déconne à Saint-Eloi-le-Juste.

*
* *

L'effet est saisissant.

Imagine les jambes de traviole de la mère Tatzi toujours agenouillée dans la guérite tandis qu'un ruisseau de sang tombe du confessionnal et coule sur les dalles à la recherche d'un estuaire. Des doigts sectionnés gisent près des genoux de la dadame.

Pinaud regarde le désastre, son mégot éteint collé au bout de sa langue en décomposition.

Il m'avise, retrouve un peu de son self et, d'un réflexe caméléonesque, ramène son clope entre ses lèvres.

— Tu sais : j'ai rien pu faire, murmure-t-il.

J'écarte le rideau et pige tout. Les Jaunes avaient déposé là un talkie-walkie piégé. Ainsi ils ont pu interviewer la mère Tatzi à distance, sans danger, puis, avec un détonateur à ondes courtes, lui faire sauter la tronche lorsqu'elle a eu vidé son sac.

Ma consœur Thérésa qui m'a rejoint apprécie le coup.

— Travail de classe, déclare-t-elle. Des pros !

Pourquoi, à cet instant, pensé-je au monceau de dollars accumulés par la défunte ? Ses héritiers vont bien se régaler. Elle a marné des meules comme une folle, la vioque, s'est plongée dans des combines parfumées à l'essence de merde ; a morflé des torgnoles de quoi en remplir six wagons ; a balancé sa vertu aux ordures et son honneur dans la cuvette des vécés, tout ça pour remplir un coffre de billets verts. Et puis elle dessoude au tournant du destin, la courageuse. Et tout ce papier-monnaie n'est plus qu'un tas de fibres végétales réduites en pâte et séchées.

— C'était une sacrée vieille salope, épitaphé-je ; prête à te sauver la vie pour cent dollars et à te faire buter pour cinquante ; mais pittoresque dans le genre. Son tort, c'est d'être sortie de sa discipline naturelle qui était la récolte des asperges. Quand tu fais un malheur dans *la Dame de chez Maxim's,* faut pas se risquer dans *la Dame aux Camélias,* c'est pas les mêmes larmes qui coulent.

— Bon, occupe-toi des formalités, Pinuche ; quant à vous, Thérésa, on vous aura fait donner votre récital pour rien...

Ma consœur tord son nez.

— Je ne suis pas intimidable, mais je sens que si je m'attarde trop, je vais gerber dans une église pour la première fois de ma vie chrétienne. Je vous offre un verre, commissaire ? J'ai un chouette petit bar dans ma vieille CX.

J'opine :

— Volontiers, vaillante camarade.

Sa tire est garée dans l'impasse voisine au fond de laquelle s'ouvre la grille du presbytère.

— Montons à l'arrière, décide la luronne (que ses collègues ont surnommée Brive parce qu'elle est gaillarde).

Je pige pourquoi elle m'invite dans la partie postérieure de l'habitacle : c'est dans le dossier des banquettes avant qu'elle a aménagé son Cintra mobile, Thérésa. C'est une fille de trente-cinq balais, blonde, avec les crins coupés aux oreilles. Elle fait championne soviétique du javelot, quelque part. Une gonzesse saine et directe, premier prix de tir au pistolet lors des derniers championnats interpolices.

— Que vous sers-je, Serge ? elle rigole. Scotch, porto, vodka, ouzo ? J'ai même des glaçons, ajoute-t-elle fièrement en ouvrant un petit compartiment réfrigéré.

— Allons-y pour un porto. Dites, c'est plutôt pas banal pour une frangine d'avoir équipé sa bagnole d'un troquet ; me dites pas qu'une reine de la gâchette, qui composte les as de cœur à vingt-cinq mètres, biberonne des boissons fermentées !

— Ma bagnole, c'est mon vrai salon, assure-t-elle. Elle me coûte un saladier. J'y passe les plus beaux instants de ma vie. Visez un peu, commissaire !

Elle fait pivoter l'appuie-tête de la place passager, démasquant un petit écran de télé. Dans un accoudoir, il y a les commandes d'une chaîne hi-fi. Elle appuie sur un bouton et nos sièges se placent presque à l'horizontale.

— Formide ! assuré-je. Mademoiselle ne se refuse rien pour son confort !

— Bougez pas : voilà le clou de mon numéro !

Elle presse sur une touche aménagée dans un montant du châssis. Miracle : toutes les vitres se mettent à foncer ! Verre polaroïd !

— En pleine ville on peut ainsi s'isoler totalement, m'explique Thérésa. Excitant, non ?

Elle me balance une main tombée, sans crier gare (et eût-elle crié gare que je n'aurais rien fait pour l'en dissuader, moi, tu me connais ?).

— Pour moi, c'est cela, la volupté, m'explique-t-elle d'une voix fabuleusement rauque. Aller se terrer dans une chambre pour forniquer, beurk ! Mais s'envoyer en l'air alors que plein de gens vaquent à leurs occupations autour de vous, je vous demande pardon, mais je trouve que c'est le pied intégral !

Elle parle en me fourbissant le manomètre de décompression.

— Je peux continuer, monsieur le commissaire ?

— Entrez, vous êtes chez vous ! l'invité-je.

Qu'alors bon, elle ne se le fait pas répéter. Hop ! au boulot ! En selle tout le monde ! Et pas en amazone !

Te dégaine la Durandal, la rend pimpante tout plein, vernissée, vermillonnée, superbe ! Cornet framboise ! Glaoup ! Hmmm ! que c'est délectable ! A la duc d'Aumale, siouplaît ! Voici, merci, non, laissez manigancer madame, elle sait ce qu'elle a à faire. Prenez vos zaises, vicomte ! Le service est compris dans le forfait ! Jolie technique. Elle a en élévation la lenteur d'un ascenseur hydraulique, mais la descente vertigine. Tu sais, les pompelards quand ils sont en état d'alerte et qu'ils déboulent dans le garage de la grosse pompe juste en se laissant glisser le long d'un pilier ?

A travers les vitres opacifiées, je vois passer des gens

dans l'impasse. La servante du curé ; une dame de la kermesse ; un petit garçon sur son tricycle... Et pendant ce temps, Thérésa sur sa rampe de lancement. Appliquée, volubile des noix. Tireuse de coups d'élite. Ce calme ! Cette précision ! Cette façon impressionnante de dégainer, puis de rengainer, pour dégainer encore.

— C'est bien ? m'interroge-t-elle par-dessus son épaule.

— C'est suprême !

— J'ai toujours eu envie de vous, commissaire.

— J'espère ne pas vous décevoir ; vous me confinez dans un rôle si passif !

— Un zob pareil n'est en aucun cas passif ! elle me rassure. Je vous reçois cinq sur cinq ! C'est fabuleux. Vous n'êtes pas pressé ?

— Ce serait folie que de chercher à l'être.

— N'est-ce pas !

Elle reste agenouillée sur la banquette de mon part et d'autre, accoudée à celle de devant pour bien opérer son gracieux mouvement de bassin. Et vogue la galère !

— Vous aimeriez un peu de musique pour accompagner ?

— Non, non, votre clapotis me suffit ; j'ai l'impression d'être Lamartine sur son lac, regardant ramer Elvire dans le couchant.

— Poète !

— Dans ces instants-là, comment ne pas l'être ! Active un peu plus, salope ! Là, oui. Parfait. Garde la cadence !

Elle s'anime. Se met à dérailler un peu du langage châtié ; me traite de dégueulasse, de fourre-bite, d'âne en rut, d'empafeur, de chibre en béton, de zob à tête chercheuse ! Elle s'anime, s'emballe des miches. « Ah ! oui ! Ah ! oui ! Ah ! oui ! » qu'elle s'écrie. La CX tangue. Une dame rechargeuse de cierges stoppe devant notre alcôve à roulettes, intriguée par les soubresauts de la bagnole. Moi je veux tout de même apporter ma contribuance à l'action. Y mettre du mien! Donner du bélier. J'arc-boute, m'accroche aux branches, en l'eau cul rance, au montant du châssis. De ce fait, je presse la touche commandant la polaroïdisation des vitres, lesquelles redeviennent normales, mais on s'en aperçoit pas, au point de non-retour que nous sommes. La ciergère écarquille ses vasistas devant le prodige. Des verres teintés qui déteintent, merde! Et pour te permettre d'admirer devinez quoi? Une gaillarde en pleine frénésie en train de chevaucher un bel homme dans le forceps de l'âge comme dit Béru. Elle pige pas tout de suite la nature de ce steeplechase, alors elle se penche pour mieux voir, écrase sa face de suif contre la vitre que tu croirais voir une tête de mort hallucinée. Je lui envoie un baiser du bout des doigts. Puis, lui désigne le solide cul de Thérésa en brandissant le pouce pour indiquer que la performance de ma collègue lui vaudrait la médaille d'or aux jeux Olympiques de la brosse. Madame la ciergeuse répond à mon signe de liesse par une grimace qui laisse deviner l'imminence d'une occlusion intestinale.

Outrée, elle s'en part raconter au peuple la dégradante nouvelle.

— Allez, allez, on y va! On y vaaaa! hurle ma consœur, dont le sensoriel débouche dans la zone magnétique.

Galamment, je la laisse arriver à bon port, puis je la rejoins sans grandiloquence. Elle éclate alors d'un bon rire de luronne comblée.

— Comment trouvez-vous ma bagnole, commissaire?

— Je ferais volontiers Paris-Dakar à son bord, affirmé-je.

Elle se laisse quimper à mon côté, haletante.

— J'avais besoin de ça pour chasser la vilaine

image de mon esprit, avoue-t-elle. Il faut toujours répondre à la mort par la vie. Dites, on se quitte déjà ?

Son sourire est mal assuré et ses yeux énergiques contiennent un certain vague à l'âme.

— Pourquoi nous quitterions-nous en si bon chemin ? Mon enquête est cahotique, tortucuse. J'ai besoin d'aide, chère Thérésa.

La scène suivante, si tu veux bien, a lieu quatre heures plus tard au *Yaton Ton Kékon,* un luxueux restaurant japonais de Passy. Ambiance gaufrée. Décor laqué en noir avec des dorures dragonales, des lanternes rouge et jaune, des nappes orangées. Une musique nasillarde « de là-bas » nous scie les tympans. C'est lancinant, bredouilleur avec des nostalgies à la Maâme Butterfly, juste pour dire. « Tzoin in in »... Une corde qui vibre longtemps, à l'unisson d'elle-même.

On nous a servi un gros poisson cuit à l'étuvée, dont les ouïes bougent encore.

— Si vous voudriez bien m'escuser, dit Béru, y m'les brise, ce poiscaille, c'te manière de faire bravo av'c ses baffles. J'aime becter frais, mais y a des limites.

Il arrache l'une de ses godasses et s'en sert comme gourdin pour estourbir le malheureux hotu.

— Qui qui chose ni va pas, m'sié ? s'affaire le loufiat.

Le Gros bougonne :

— Vos barbeaux, c'est comme vos bagnoles, on est obligé de les finir à la main ! Trouvez-moi dare-dare une paire d'lunettes d'soleil, y a aussi ses yeux qui m'gênent. Il est là qui s'regarde bouffer av'c ses lotos de myope ; y m'intimide ! Vous pouvez toujours escrimer, rien n'vaut not'entr'côte de bœuf pommes frites.

Elle, au moins, elle vient pas nous bigler avec insisterie pendant qu'on la becte !

Le serveur, docile, amène les besicles souhaitées. Sa Majesté en affuble le gros poisson que nous achevons de dépecer le cœur à l'aise.

Repas faisant, je résume à ma vaillante consœur mes avatars en cours. Elle m'écoute avec un intérêt qui va brioche (1). On sent la professionnelle. Elle émaille mon récit de brèves et pertinentes questions prouvant qu'elle assimile admirablement les données du problème.

— Jusqu'ici, commissaire, vous avez un peu joué le *Boléro* de Ravel, non ? Vous questionnez Untel, et puis Unetelle, et puis Chose, et puis Machin... Sans vouloir vous vexer, vous menez une enquête de gendarme.

— Les enquêtes de gendarme sont les plus solides, objecté-je.

— Parce qu'elles s'appuient sur la logique et l'opiniâtreté, admet Thérésa ; mais dans le cas présent, vous avez affaire à une association de terroristes japonais. Ces gens sont rusés, insaisissables, implacables. Quand bien même vous parviendriez à mettre la main sur l'un de ses membres, ça ne vous mènerait probablement nulle part. Et au fait, posant la grande question, celle qui conditionne tout le reste : vous cherchez quoi ? Quel est votre but dans ce micmac ? Abattre le K.K. Boû Din ? Vous savez bien que vous n'êtes pas de taille à réaliser un tel exploit.

« C'est comme si on vous demandait de liquider les Brigades Rouges ! Alors ? Vous espérez remettre la main sur votre saloperie d'ogive secrète ? Depuis le temps qu'elle a disparu, elle a été dûment cédée à qui la voulait. Quoi d'autre ? Trouver le cadavre de Van

(1) San-Antonio écrit plus vite qu'il ne pense. Ainsi, il est hors de doute qu'il a voulu dire ici que l'intérêt de sa consœur va croissant.

Jean Dutourd

Trilöck ? Je doute que sa sépulture vous empêche de dormir... Si vous voulez ma pensée intime, vous perdez votre temps, mon beau commissaire. Et il n'est rien de plus triste en ce monde que de voir un homme comme vous perdre son temps. La seule chose positive dans cette histoire, à mes yeux, c'est l'instant que nous avons passé dans ma voiture. »

Elle avance sa main hardie sur la mienne, la caresse. Voilà mon bip-bip qui la ramène, comme si c'eût été cette pression tendre qui le déclenchât.

— Merde, encore ! Que peut-il y avoir de nouveau après l'équarrissage de la vieille ? Me dis pas que les Japs remettent ça ! Ils sont encore en train de rigoler de leur bonne blague !

Je vais tuber au sous-sol.

Mathias encore ! Toujours égal à lui-même.

— Du nouveau ? je demande.

— Un message tous azimuts de l'Elysée : Bérurier doit se mettre en rapport immédiatement avec le président de la République.

— Tu es sûr, Rouquin ? On n'est pourtant pas le premier avril.

— C'est tout ce qu'il y a d'officiel, commissaire.

— Bon, je lui transmets.

Mathias se ramone les tuyaux d'un raclement gorginal.

— De votre côté, cela avance ?

— Non, de mon côté, cela recule. Mon drame, fiston, c'est de remuer ciel et terre pour chercher quelque chose et de ne pas savoir ce que je cherche.

Il a un léger ricanement.

— Ce qu'il y a de formidable avec vous, c'est que vous allez le trouver tout de même, monsieur le commissaire.

Belle preuve d'admiration, non ? Ou de flagornerie indicible...

Je rejoins mes compagnons de table et transmets

l'ordre élyséen au Gros. Tu crois qu'il marque une quelconque stupeur, cézigue ? Que tchi. Rien ne l'estomaque jamais. Il accepte tout de la vie avec une maîtrise impressionnante : les gens, les faits, les joies, les peines. Un roc ! Un pic ! Un mirandole !

Il se lève en soupirant.

— Ça doit z'êt' l'président, j'ai bien vu que j'l'avais tapé dans l'œil...

Et il disparaît.

Thérésa sourit.

— C'est votre bouffon ?

— Non, ma chérie : c'est mon ami !

Elle picore quelques grains de riz dans son assiette.

— Qu'allez-vous faire, maintenant ?

— Un effet de théâtre, réponds-je.

— C'est-à-dire ?

— Attendez l'addition, vous verrez.

Elle me défrime à la loyale, ses yeux décidés braqués sur les miens comme des phares. On lutte un instant, telles deux bagnoles en train de s'arroser mutuellement sans que l'un d'eux se résolve à se mette en code.

— J'ai de nouveau envie de vous, commissaire, murmure-t-elle.

— La commande est enregistrée, ma chérie.

Béru revient. Il marche drôlement. Avec une lenteur d'homme ivre. Il pose un pied au sol, hésite avant d'en décoller l'autre... Il bombe la poitrine, conserve le menton pointé vers les lanternes accrochées au plafond. Je le trouve impressionnant. Il s'assoit en tâtonnant du postérieur, place ses coudes sur la table, dont un dans son assiette, prend sa lourde tête dans ses non moins lourdes mains.

Il paraît méditer car il tient ses yeux fermés.

Je respecte son mutisme impressionnant. Nous le contemplons, bouche bée, en attente. A la fin, il frissonne, redresse son buste altier, rouvre ses stores.

— On n'peut pas s'imaginer un'chose pareille,

déclare cet être d'exception; sauf quand t'est-ce on s'est ramassé une pinture à pisser cont'les meubles.

— Dis ! ordonné-je sur le mode imploratoire, ce qui peut te paraître paradoxal, mais je t'emmerde.

Il gonfle son poitrail, balance une tornade carbonique sur les plats vides.

— J'ai z'eu l'président soi-même, personnell'ment.

— Eh bien ?

— Paraît qu'il prépare un reniement ministériel.

— Un quoi ? souffle Thérésa.

— Un remaniement ministériel, traduis-je. Bon, et alors, Gros ?

— Alors, y m'demande d'êt'miniss, mon pote. Tout conn'ment. Miniss, moi, Béru. Et y m'l'a d'mandé d'une telle façon que j'ai pas pu y r'fuser. D'ailleurs, c't'un homme qui sait c'que vouloir veut dire.

Je laisse déferler la horde de sentiments contradictoires qui me chargent au triple galop. La vie est un conte de fées ! Un tas de merde, aussi. Un bain de connerie dans lequel tu macères. On y reçoit des fleurs, des coups de pompe dans le cul. On y chante, on y pleure, on y prend son pied...

Thérésa réagit avant moi.

— Ministre de quoi ? demande-t-elle.

Bérurier sort de son extase.

— Hmmm ? Quoi-ce ? Pardon ? Vous m'causez ?

— Je vous demande quel ministère le président vous propose ?

Son Excellence enfle ses joues, pète de la bouche et soupire :

— J'ai pas fait attention, mais quelle importance ?

EIGHT

Nous regardons s'éloigner le nouveau ministre, songeurs.

— Croyez-vous que ce soit possible ? balbutie Thérésa, décontenancée.

— Oui, dis-je, car tout est possible ; car tout est vrai, sauf la vie, cette illusion à grand spectacle.

— Le président se serait entiché de ce gros sac au point d'en faire une Excellence ?

— Pourquoi pas. C'est un homme (je parle du président) qui aime à intriguer, sachant que la surprise constitue la dynamique de l'intérêt. Il stupéfie pour avoir l'air stupéfiant ; contrairement à De Gaulle qui était stupéfiant et qui stupéfiait malgré lui. L'un et l'autre connaissent la souveraine connerie du peuple. L'un et l'autre l'auront exploitée ; le Grand par vocation naturelle, l'autre par manque de conviction profonde. Entre le trop-plein et le trop-vide, la France poursuit sa route.

Là-dessus, je fais signe au serveur de m'apporter la note. Elle était déjà prête. Je dépose dans l'assiette ma carte de l'Americain Express. Il va paperasser, m'amène la fiche à signer, ce dont je. Je lui attrique un talbin pour son service zélé ; mais, au moment où il va s'évacuer, je l'arrête.

— Dites-moi, mon jeune ami, le patron, c'est bien

ce monsieur vêtu de sombre, avec des lunettes, là-bas, près de la caisse ?

— Oui, missieur.

— Son nom est bien Yamaha Késouton Ku ?

— Ci ça, missieur.

— Vous voulez bien lui remettre ceci de ma part ?

Je dépose dans l'assiette une pochette kodak contenant deux épreuves des photos que j'ai prises dans la maison inhabitée (sauf par des cadavres) de la rue Gaston-Debois.

Le garçonnet s'incline et se dirige vers le taulier. Moi, pendant ce temps, je cesse de m'occuper de lui. Prenant un air dégagé, je rapproche ma chaise de Thérésa et saisit ma consœur par le cou.

— Vous allez voir, petite, ce qui va suivre risque d'être bien.

— Pourquoi ?

— Je viens de faire remettre au patron les clichés des deux femmes mortes dans les cercueils congélateurs.

Elle se fend la poire.

— En effet, ça peut être délicat...

— Ne regardez pas dans sa direction, surtout. Soyons enjoués, détendus. Parlons d'autre chose.

Provocante, elle me lance :

— De quoi, beau commissaire ?

— De vos seins, par exemple. Lors de notre « entretien » à bâton tendu dans la voiture, ils n'ont pas été à l'honneur, et Dieu sait qu'ils le méritent. Sachez qu'ils suscitent chez moi un intérêt que je souhaiterais leur témoigner dans d'assez brefs délais.

— Il ne tient qu'à vous, chef.

C'est curieux, parce que, pour tout de dire, Thérésa n'appartient pas au groupe de bonnes dames qui mobilisent d'ordinaire mon intérêt. Son côté femme virile, force et santé, vie au grand air, monitrice, cheftaine, ne constitue pas mon idéal féminin. Moi, j'aime les vraies gerces, en général, les celles qui ont du tempérament, certes, mais uniquement pour la baise. Mon côté macho dénoncé par tant de femelles (auxquelles je ne porte pas attention, évidemment). Malgré tout, comme toute règle comporte des exceptions, elle me plaît la Thérésa. Probable, à cause de sa bagnole « aménagée » pour la tringlette urbaine. Y a un côté viceloque là-dedans qui m'a séduit. Il arrive que l'homme le plus sain succombe à de louches tentations. Mais n'est-ce pas naturel, si tu réfléchis ? Il n'y a pas trente-six façons de faire l'amour ; ramenées à l'essentiel, tu ne disposes que de deux possibilités fondamentales, qui sont antipodiques et que je ne préciserai pas davantage parce que je suis lu dans toutes les fausses couches de la société et qu'après y a des malbaisants et des malbaisées qui colportent, font des gorges tu sais comment ? Chaudes !

Alors donc, pour t'en revenir, étant limité à ces deux solutions, si tu veux varier, t'es obligé de te rabattre sur le décor et la mise en scène. Une partie de jambons réalisée par des nabus, elle varie pas chouïa d'une autre pratiquée par des gorets et des clébards. Mais mise en scène par Robert Hossein, alors là, pardon, ça peut devenir du grand art (ou du grand dard, selon).

— Je vous demande pardon, monsieur...

J'interromps la promenade de mes lèvres sur la nuque de ma collègue pour faire front à mon interpellateur, c'est-à-dire à M. Yamaha Késouton Ku, le très honorable patron de cet établissement.

— Oui ? je lui fais-je avec tant de candeur que je pourrais en revendre dans les couloirs du métro.

Il me tend les photos.

— C'est vous qui me donnez ça ?

— Elles sont excellentes, n'est-ce pas ?

— Je ne comprends pas...

Il est tout petit, M. Késouton Ku, avec un beau visage de tarte au citron à lunettes. Ces dernières possèdent des verres très forts qui grossissent exagérément les deux virgules noires de son regard.

— Vous pouvez les conserver, lui dis-je, j'ai les originaux.

Je me lève, écarte la chaise de ma compagne, mû par cette galanterie qui, jointe au don de la minette chantée, a fait la réputation du Français au-delà des mères.

— Compliment à votre chef, M. Yamaha Késouton Ku, sa façon de ne pas faire cuire le poisson est prodigieuse.

Je prose son imper à Thérésa. Elle passe la manche dans le style de Blériot.

Le restaurateur nippon (ni pauvais) est battu sur le terrain de l'impassibilité. Je fais la pige à un lord britannouille. Mon calme, mon détachement enjoué, venant après ce curieux présent le déconcertent par trop. Il se demande ce que je bricole et où je veux en venir. Il est asphyxié, le bon Jap. « Mais, se dit-il dans une grosse bulle emplie de petits dessins au pinceau, mais ! il s'en va ! Ce type et cette fille, les voilà qui vont partir sans explication ! »

Alors il trottine sur nos talons jusqu'à la porte. Il sort en même temps que nous. Il nous filoche tandis que nous rallions la CX ultra-confortable de ma collègue. Je tiens sa portière ouverte à Thérésa. La ferme et contourne l'auto pour aller me déposer sur le siège du passager.

Je continue de comporter comme si je le voyais pas.

— Monsieur ! Monsieur ! il me lance d'une voix angoissée au moment où je prends place.

— Oui, c'est à quel sujet ? je condescends, sans descendre.

— Il faut que nous parlions, bredouille-t-il de sa voix nasale.

— Parler de quoi ? je lui demande avec toujours la même placidité océane.

— Mais de... de...

Il brandit les deux photographies qu'il n'a pas lâchées.

— Etes-vous en mesure de me fournir des renseignements sur le K.K. Boû Din, monsieur Késouton Ku ?

Il déguste, l'auguste. Vlan ! dans les gencives !

— Le... quoi ?

— Bon, alors nous n'avons rien à nous dire, vous pouvez démarrer, Thérésa !

Elle décolle en souplesse du trottoir, branche de la musique à son cassettophone.

Le taulier me jappe au nez, comme on disait puis, à l'école primaire où se forgèrent tant de grands Français.

— Attendez ! Attendez !

Il se met à nous cavaler au fion. Thérésa qui l'observe dans son rétro murmure :

— Vous le chambrez de première, commissaire. Beau travail !

— Ralentissez !

Elle freine, Yamaha nous rejoint. Je me tire-bouchonne pour, depuis l'intérieur, lui ouvrir la porte arrière. Essoufflé, l'homme se jette dans ma tire.

— Puisque vous y tenez ! lui dis-je.

Et, à ma camarade de coït, entre mes dents :

— A la Grande Taule, chérie !

Nous n'en cassons pas une pendant le trajet. Il se passe un phénomène étrange, si je puis dire malgré le caractère pléonasmique de l'expression : le Japonais se livre à moi délibérément. Avec mes deux photos, je lui ai démontré une puissance qu'il ne songe pas à contester. Il sait que je tiens le couteau par le manche et s'en remet à mon bon vouloir ou à ma malignité. Que je me montre magnanime ou cruel, il accepte par avance. Je suis l'envahisseur ; je viens d'investir son destin. Il déploie à mon endroit le fatalisme qu'on montre devant une inondation.

La cassette branchée par Thérésa est de Renaud. Un super-champion. Un infini pas con. Un incontestable. Le poète le plus poétisant de cette époque d'archimerde (sans principes). Le prince du pavé. La nostalgie arrivée à bon port. Un mord-con ! La noblesse de la timidité ! Brandisseur de glaves ! Et si frileux de l'âme, je le sens bien, que je l'emmitoufle de ma tendresse !

Renaud chante le gitan, la zone, le couteau, le clébard, les lunettes retrouvées de son taulard... Salut, le gitan, salut le manouche... Salut, Renaud. Que les saigneurs soient loin de nous ! Trouverons-nous assez de mots pour y noyer tous les merdeux ? Chauffe, mon petit mec, chauffe ! C'est pour la dignité que tu égosilles, et ils n'en savent rien.

— Vous l'aimez ? demande Thérésa.

— Davantage encore !

Le Japonouille derrière écoute-t-il ? Et si oui, comprend-il ?

On déboule à la Maison Pébroque.

— Venez, mon cher ami ! invité-je.

Messire Poisson Cru me suit ; Thérésa ferme la marche. Je longe des couloirs méandreux pour gagner des locaux tout à fait marginalisés. On doit restaurer cette partie de la Poule depuis cent ans, mais les crédits tardent, tu sais ce que c'est ? Enfin, maintenant que nous avons un ministre issu de la Boîte, ça va peut-être débloquer un peu. On atterrit au fin fond de la délabrance dans une pièce du genre cellule-bureau. Fenêtres grillagées. Une table vernie avec un téléphone, trois chaises, une armoire murale, une banquette recouverte de moleskine noire, le long du mur. Pas la joie. Le contraire. Du Sartre de l'époque rose ! L'ambiance te choit sur la coloquinte.

— Asseyez-vous, monsieur Késouton Ku.

Le Jap obtempère. Il est sérieux comme un bonze en bronze. Thérésa s'installe derrière lui, sur la banquette, tandis que je contourne le burlingue pour la place number ouane.

— Vous désiriez me parler? demandé-je à mon locuteur.

Il dépose les deux photos sur le bureau.

— Qui vous les a remises? demande-t-il.

— Le photographe chez qui je suis allé les faire développer.

— C'est vous qui avez... photographié?

— Dans la cave de la rue Gaston-Debois, oui.

Le brin de safran déglutit péniblement.

— Je suppose que vous vous posez certaines questions? il s'enhardit.

— Je crois que c'est vous qui vous posez certaines réponses, ricané-je.

Un peu surréaliste, mais il est intelligent.

Je le contemple rêveusement, me demandant si j'ai devant moi un commerçant qui rend des services au K.K. Boû Din, ou bien un authentique agent du K.K. Boût Din possédant un restaurant en guise de paravent. Je pencherais nettement pour la première hypothèse. Visiblement, ce monsieur est sur des charbons ardents. Je suis prêt à te parier le slip de zinc de Mme Thatcher contre une culotte de Pau (Pyrénées-Atlantiques) que ce canari à lunettes est racketté par l'organisation secrète japonouille. On a barre sur lui, on l'utilise, on le manipule et ma brusque intervention, photos compromettantes à l'appui, fout une consternation merdatoire terrible dans sa vie. Il a pignon sur rue, cet homme, un restau à la mode où le Tout-Pantruche se presse pour aller bouffer des poissons vivants et des homards qui te serrent encore la pince, quand soudain, la foudre! San-Antonio, puisqu'il faut l'appeler par son nom, se précipite sur sa réussite.

Même dans cette partie merdeuse de la Maison Pébroque, les pièces sont équipées d'un diffuseur général. Le nôtre, que les araignées ont tartiné d'une couche épaisse commako, se met à graillonner. Puis une voix rendue métallique et caverneuse par les carences de l'installation retentit :

— Commissaire Sant-Antonio, il paraît que vous êtes dans la maison, pouvez-vous me contacter d'urgence au bureau 118 ? Merci.

Tiens, il a largué les établissements Tatzi, le Rouquemoute. Je décroche le biniou et réclame le 118 au standard.

— Besoin de moi, Blondinet ?

— J'aimerais vous parler, je peux venir ?

— Non, j'arrive.

« Pas moyen de rester peinard, ronchonné-je. Thérésa, ma beauté, vous voulez bien commencer de prendre les confidences de notre ami Késouton Ku. »

— Volontiers, *big chief* !

— Dans la voiture, pendant notre charmant tête-à-dos, j'ai cru remarquer que vous portiez un ravissant pistolet au-dessus de la fesse gauche ?

— Je suis ambidextre, *big chief*.

— L'essentiel est que vous ne vous laissiez pas intimider !

— Froid aux yeux, moi ? Avec mon thermolactyl, vous rigolez !

Elle me clape un bisouillet mutin et vient prendre ma place.

Le Rouquinuche a endossé une blouse blanche (à ses origines, mais qui ressemble maintenant à une toile du cher Mathieu, à qui j'adresse toutes mes amitiés au passage). Un plateau à repas est posé devant lui, sur le burlingue, mais au lieu de bouffe, il contient des brins de décombres noircis et déchiquetés.

— Et alors, l'Albinos, on fait joujou ? gouaillé-je en désignant son foutu bric-à-brac (mar).

Ma boutade (à l'ancienne) ne lui monte pas au nez et il reste plein (c'est-à-dire un pas vide). Je le trouve sacrément soucieux, le Suédois.

— T'as des coliques néphrétiques, gars ?

— Je me tourmente pour Pinaud, commissaire.

— Quoi, Pinaud, je l'ai vu tantôt, à Saint-Eloi-le-Juste où il ressemblait davantage à un cierge qu'à un sacristain, mais il avait toujours le pompier de Bonneuil.

— Il vient de se passer des choses qui ne me plaisent pas.

Et il me raconte qu'après le bombinage de la mère Tatzi, Pinuche lui a téléphoné en lui donnant la marque du talkie-walkie restée apparente sur l'un des débris ; il a, autant que faire se pouvait, fourni une description de l'appareil et demandé au Rouillé, grand technicien en audio-visuel, la portée d'un tel engin. A cause de la charge d'explosif télécommandée, Mathias a estimé que le second talkie-walkie ne pouvait être situé dans un rayon supérieur à cinq cents mètres du premier. Pinaud l'a remercié et a raccroché sans fournir d'explication.

Trois heures plus tard, Baderne-Baderne a rappelé l'Incendié.

— Il jubilait, m'affirme Mathias (qui est aussi la tienne, alors appelons-la Notrethias). Il m'a dit, et je vous en demande bien pardon, qu'il était plus malin que vous.

— Il ne faut pas attacher trop d'importance aux divagations d'un vieillard, assuré-je.

Mon collaborateur amorce deux centimètres d'un sourire qui, décidément, ne peut éclore.

— « Il ne m'aura pas fallu longtemps pour retrouver les assassins de la dame », a-t-il assuré. Et puis, plus rien, poursuit Notrethias. Ou plutôt si : un choc sourd, quelques secondes de quasi-silence et la communication a été interrompue.

— Qu'appelles-tu « quasi-silence », fiston ?

— Eh bien, des heurts, des froissements d'étoffe. Mais légers et brefs. J'ai attendu, espérant que Pinaud me rappellerait ; il ne l'a pas fait.

« Je me suis fait apporter les restes du talkie-walkie ici pour les examiner et je trávaille dessus comme un dingue. Mon appréciation première était exagérée. Le détonateur commandant l'explosion de la charge logée dans le talkie-walkie se trouvait à cent ou cent vingt mètres de celle-ci. Mon sentiment, commissaire, c'est que Pinaud est parvenu à localiser le terroriste qui manipulait l'appareil. Il s'est mis en planque pour le sauter ; mais on l'a repéré au moment où il me prévenait et neutralisé. Qu'en pensez-vous ?

— Laisse quimper ta bimbeloterie et suis-moi, l'artiste ! réponds-je, les chailles crochetées par la trouille.

La nuit est là, falote, timide, avec encore des traînées claires et des espèces de brumasses qui s'effilochent avant d'avoir pu s'épaissir.

La circulation est pratiquement nulle sur la place de l'Eglise. Quatre vieux platanes scrofuleux permettent aux clébards de lever la pattoune du soir. Les birbes baladeurs de fox-terriers tendance corniauds composent le gras de la société encore dehors dans ce quartier paumé. Ils attendent les pipis vespéraux, plus dociles que leurs cadors, au point que ce sont eux qui ont l'air d'être tenus en laisse. L'étrange ballet des convoyeurs de pissats te fait froid au bide. Cette mornitude infinie, cette ronde des six-pattes, avant les dernières informes, te permet de mesurer la vasouillance de leur destin et du tien, en complément de programme. On est tous des pisseurs de chiens, les gars, et on s'appelle tous

Médor dans la passivité. Colonel Médor, des services bidets ! Porte-coton Médor, attaché à la personne du P.-D.G. Médor, lui-même enrôlé dans la brigade des cocus. Poussez pas ! Y aura de la place pour tout le monde !

J'évalue les dimensions de la place. L'église Saint-Eloi est érigée en son centre. Combien de l'édifice aux immeubles qui l'entourent ? Quatre-vingts mètres ? Mathias est d'accord sur cette évaluation.

— Donc, la personne au détonateur se trouvait dans l'une des maisons avoisinantes, soliloqué-je.

— Ou dans une voiture stationnée à proximité, émet le Red.

Il flamboie dans la lumière tombant d'une pharmacie restée éclairée, mon pote. Sa tronche, tu dirais le drapeau soviétique, c'est rouge avec du doré.

— En ce cas, il s'agirait d'une voiture fermée, style fourgonnette, car un Jaune usant d'un talkie-walkie aurait éveillé l'attention.

On fait le tour du quadrilatère, à petits pas, tels deux potes qui viennent de claper ensemble et s'apprêtent à se quitter.

— Il n'était pas dans une voiture, fais-je en me cabrant.

— Vous croyez, monsieur le commissaire ?

— Si cela avait été le cas, il aurait décampé, dès son coup fait ; or Pinaud a découvert sa piste plusieurs heures après l'attentat de l'église puisque, tu le dis toi-même, il exultait et prétendait tenir les assassins.

— Rien ne prouve qu'il les a trouvés aux abords de l'église, patron. Il a fort bien pu lever une piste, obtenir un témoignage qui l'aurait aiguillé sur d'autres lieux ?

— Certes, mais cette piste, il l'aura levée dans ce secteur. S'il s'est enquis de la portée possible des appareils, c'est bien qu'il comptait explorer les environs ?

Nous voici de retour à notre point de départ. En pleine supputation. Tonthias tient à sa version du véhicule ; faut dire qu'il a des arguments valables pour.

— Mettons-nous à leur place, commissaire. Les types du K.K. Boû Din constatent que le pavillon d'alerte a été hissé chez la mère Tatzi. Ils entrent en contact avec elle ; la dame leur déclare qu'elle veut leur parler. Que font-ils ? Ils décident d'entendre ce qu'elle a à leur dire et, au besoin, de la liquider après ses confidences. Leur vient alors l'idée d'un confessionnal équipé d'un talkie-walkie piégé. Ils jettent leur dévolu sur cette église tranquille, installent leur matériel et préviennent Mme Tatzi. Ils n'ont guère le temps d'établir un bivouac autre que volant pour se tenir à distance, donc, ils usinent depuis un véhicule, probablement utilitaire, comme vous l'avez fait remarquer.

Je ne me contente pas de ce bref et maigre hommage rendu à ma sagacité.

— La différence qu'il y a entre ton raisonnement et du papier chiottes, Rouquin, c'est qu'on ne peut pas se torcher les miches avec lui. Moi, je vais te donner ma version. Les Jaunets du K.K. Boû Din, s'ils ne sont pas agnostiques, sont bouddhistes ou un truc de ce tonneau, en tout cas pas catholiques. L'idée du confessionnal n'a pas pu leur venir spontanément. Ce confessionnal était déjà en service pour eux. Ils l'avaient utilisé antérieurement pour communiquer avec des mecs sans recourir au bigophone. Et donc, ils disposaient d'un pied-à-terre dans le quartier. N'oublie pas, Mathias, qu'ils sont jaunes et qu'on les repère aisément.

— On les repérerait davantage s'ils étaient sédentaires ! ricane l'Ecarlate.

— Eh bien, justement non, mon pote ! Si un Jap habite dans le coin, s'il est familier aux gens du quartier, personne n'y fait plus attention ! Il suffit que les chefs de l'organisation lui dictent sa conduite pour qu'il aille déposer le talkie-walkie dans le confessionnal, qu'il communique avec le « client » du jour, puis vienne reprendre son matériel plus tard. Onc ne s'occupe de lui...

— Je ne suis pas convaincu, s'obstine Van Gogh.

Moi, tu me sais par cœur (et aussi par chœur quand je suis devant une église). Un vieux pisseur de clebs se la radine, chaussé de charentaises, avec six gilets de laine superposés et un béret extrêmement basque. La bête qui le flanque est un loubard de Poméranie bouffé aux mites androgynes. Sa queue touffue se dépoile et s'enroule mal. Il a de l'asthme, ce pauvre biquet, pire que le maîmaître concon, ce qui l'oblige à s'arrêter tous les quatre pas pour essayer de débigorner ses soufflets.

— Je vous demande pardon, monsieur, j'aurais besoin d'un renseignement.

Il se cabre, déjà effrayé, se croyant attaqué dans le cadre de la campagne vieillardicide.

Pour le calmer, je lui fourre ma brème à quatre-vingts centimètres des bigarreaux pour qu'il puisse la lire, en grand presbyte diplômé de l'Etat.

— Popo... il commence...

— ... Lilice, complété-je. Vous habitez le quartier, je subodore ?

— Oui, en effet, rue du Général-Mormele, à deux pas.

Il a la voix d'une cornemuse trouée qui aurait paumé sa rustine.

— Je vous en félicite, lâché-je pour amorcer, alors dites-moi, mon général, auriez-vous pour voisin un Asiatique quelconque ; genre chinois ou japonais si tant est que vous puissiez faire une différence entre les deux marques ?

A question insolite, non-réponse insolite. Le vieux, baladé par un loulou de premier avril, se met à siffler du nez tel le bec d'une théière électrique. Il ouvre sa bouche et la referme à plusieurs reprises pour vérifier le mécanisme de son râtelier acheté au B.H.V. Ses yeux, expressifs comme deux glaves de phtisique, se mettent à chercher un point d'appui, n'en trouvent pas et basculent en arrière. J'attends que la crise soit passée tandis que le cador hume le bas de mon pantalon comme s'il était taste-parfums chez Lancôme.

— Un Chinois ? finit par balbutier le père Six gilets.

— Ou un Japonais ! complété-je. Et probablement un Japonais !

Il sent la vieille sueur sédimentaire, le pépère au chichien. Six gilets ! Il en pose deux quand vient l'été. Le jour où il se foutra à poil, pour une radio de l'estomac, tu parles d'une mue !

— Non, non, je connais pas, assure le vénérable branleur...

Le sourire triomphant de Mathias fait un bruit d'utérus visité.

— Vous êtes sûr ? maussadé-je.

— Un Japonais ou un Chinois ? insiste le dabe au clebs.

— Voire un Vietnamien, je ne suis pas sectaire, il s'agirait même d'un Cambodgien, je serais preneur...

— Non... Non. Il y a des Maghrébins. Un Sénégalais... Un Yougo...

Il mémorise...

— Je vois pas de Japonais. Vous m'auriez dit *une* Japonaise, je vous aurais répondu, y en a une qui fait esthéticienne juste en bas de mon immeuble, mais un Japonais, alors là, non, franchement...

Mon premier réflexe est de regarder Sathias. Le triomphe rend vaniteux et mesquin. D'abord, y a-t-il triomphe ? Rien d'autre ne l'indique que cette certitude intime qui, chez nous autres, perdreaux, se nomme le flair (en anglais : *the flair*). Il sourit mou, un peu contraint, déjà penaud, sachant bien qu'au jeu de la gamberge, le beau Santonio est imbattable.

Une Japonaise !

Et qui « fait » esthéticienne, la chérie. Dans ce quartier maussade, modeste... Ne doit pas avoir lerschouille de clientes, cette geisha.

— Vous voulez bien me montrer sa boutique ?

— Suivez-moi, je rentre, Alonzo a fait sa crotte.

La distance est brève, chemin faisant, le vieux moudu nous raconte que cette personne s'est établie rue du Général-Mormele voici quelques mois. Elle a acheté la teinturerie de Mme Philibert qui s'était teinte puis s'est éteinte. Elle l'a aménagée en salon de « Soins et Beauté ». Une personne silencieuse, comme le sont « ces gens-là ». Pas mal, sans doute pour les Nippons, mais un peu trop « omelette de six œufs » pour un Français moyen.

Oui, elle habite au-dessus de son magasin. Si elle reçoit des compatriotes ? Cela arrive, mais c'est pas systématique. Elle est d'une grande discrétion. Ses affaires ne semblent pas des plus prospères, faut dire que dans ce quartier on est pauvre, donc moche et, partant, on n'a pas besoin de soins de beauté. Y a que les jolies bourgeoises qui se font mignarder la gueule entre deux coups de bite mondains. Dans le coin, c'est un petit coup de rouge à lèvres et en avant la musique !

Il nous déponne la lourde de son immeuble. Alonzo, le loulou de pommier rassis lancequine contre la porte cochère une dernière fois avant d'aller coucouche-panier. Tandis qu'il s'extirpe quelques gouttes de la vessie, le père Ramolinos demande :

— C'était bien un Japonais que vous cherchiez ?

— Exact, mais quand on ne trouve pas le mâle, on se rabat sur la fumelle, lui dis-je.

Il acquiesce, admettant le fait sans objecter.

— Elle a fait quelque chose ?

— Non, mais nous nous intéressons également aux gens qui ne font rien, vous savez !

— Vous avez raison.

Mathias me touche du coude.

— Vous avez vu, patron ?

Il me désigne une cabine téléphonique blottie dans un renfoncement, juste à côté de l'immeuble.

— Tu penses à Pinuche ?

— Oui. C'est peut-être de cette cabine qu'il m'appelait ?

— Pas impossible, grand. Je vois que t'es tout à fait rallié à ma version ?

Alonzo ayant achevé de compisser, nous entrons à la suite du vieux cierge éméché.

— La dame vous connaît ? je lui demande.

— On se salue, oui ; à cause ?

— Vous allez sonner à sa porte, chuchoté-je, elle va venir regarder par le judas. En vous reconnaissant, elle vous ouvrira.

— Et après ?

— Vous lui annoncerez que deux messieurs veulent la voir.

Dans le fond, ça ne lui déplaît pas de chiquer les auxiliaires de la Rousse, au mité. Il drelingue carrément. Nous deux, Mathias et moi, on reste plaqués au mur, de chaque côté de la lourde. Classique. T'as pas un film policier sans le garçon d'étage qui toque à la chambre tandis que les matuches se tiennent embusqués.

Pendant un moment, ça ne donne rien, son concerto pour porte palière. Je lui intime d'insister. Le bruit de la sonnette fait japper Alonzo qui n'a pas tellement d'occases de se manifester dans sa vie à la con de loulou de paumé ravi. C'est l'intervention du clébard qui a raison de cette porte close. Car, la dame derrière, entendant ces aboiements, elle se met en confiance. Qui donc vient t'importer le soir, escorté d'un chien pernicieux que tu calmes à haute voix par des « Alonzo, mon bijounet, tu veux te taire, vilain ! »

C'est fait, elle déboucle.

Reconnaît son voisin gâtochard et son putain de cador de merde de loulou de première année !

— Oui ? elle demande comme un gazouillis léger.

Béret basque porte deux doigts civils à son couvre-chef, histoire de les militariser.

— Mande pardon, c'est pas pour moi, c'est ces messieurs, balbutie le général Mormele.

A nous de jouer.

Nous nous mettons en évidence, Mathias et ma pomme. La tignasse du fluorescent embrase tout le palier.

— Navré de vous déranger, madame, fais-je.

Et comme elle a eu l'imprudence de rester à l'intérieur, en biais, je pénètre dans le logement, suivi du Rouque.

— Merci, lancé-je au père d'Alonzo, et bonne nuit !

Puis je referme.

La Japonaise.

Eh ben, mon vieux, tout ce que tu voudras, mais moi je la trouve belle. Bon, d'accord, sa figure ressemble un peu à une assiette à soupe à la renverse et elle a les yeux en trous de pine. Tu sais, la représentation de la Lune dans les dessins humoristiques du début du siècle ? Eh ben, voilà ! C'est elle !

Mais en gracieux. En presque joli pour qui aime un peu l'exotisme. Elle est davantage « blanc foncé » que « jaune clair ». Ses cheveux coiffés pour la nuit en une épaisse natte sombre descendent jusqu'à son coude. Elle porte un jean et un blouson de cuir par-dessus. Comme ce dernier vêtement n'est pas fermeturéclairisé, elle en tient les pointes du col serrées pour cacher sa poitrine ; mais il est superflu qu'elle s'escrime car c'était pas jour d'abats quand son papa l'a conçue. A mon avis très humble, elle doit avoir les amygdales plus développées que les glandes mammaires.

Bien que ses yeux ne fussent pas apparents, elle nous regarde. En cherchant bien, on croit apercevoir deux notes de musique à l'horizontale sous ses paupières bombées.

Mathias a refermé la porte derrière soi et y reste adossé. Ouf ! Visiblement, le logement est minuscule. Deux pièces en enculade, de chacune trois mètres sur deux, un coin kitchenette, un autre coin salle d'eau, l'un comme l'autre isolés par un rideau de soie.

J'avance chez la dame comme un soldat dans un terrain qu'il sait miné. Quel culot, tout de même, ce San(gêne) - Antonio ! Au pif, il déboule. Pleine nuit ! Heure légale ? Fume ! Mandat de perquise ? Suce ! Le fait du prince ! A sa bonne volonté, les gars. J'ai des potes de la police ; tiens, je te prends à Genève, mon collègue Vaudroz (Marcel) qui m'intervieille. Y m'dit : « — Dans tes enquêtes, tu ne t'embarrasses jamais des procédures administratives, toi ! » « — Pas le temps, je lui rétorque. Moi j'aime que ça galope. Les mandats d'amener, les commissions rogatoires, j'en fais cadeau à mes chosefrères. J'ai besoin de rythme, de liberté. Si, pour pénétrer chez une greluse je dois poireauter sur le paillasson d'un juge, à attendre qu'il ait fini de limer Bobonne pour me faire délivrer un faf officiel, j'aime mieux me reconvertir, devenir écailler en Afrique noire ou cacheteur d'enveloppes dans une officine spécialisée dans les lettres anonymes. »

Mais trêve... Je t'en reviens à cette Japonaise qu'on lui débarque dans les espaces vitaux, tout à trac. Juste sur une idée, une impression, une gambergerie... Elle est fataliste, hyper-asiatique comme voilà, tu penses bien. Alors elle attend sans renoucher ni renauder. L'air de dire : « Bon, vous êtes là, alors expliquez-vous ! »

Et moi, soudain, c'est tout expliqué. Gagné, l'Antoine joli ! Bravo ! Plein dans le mille ! Tu sais quoi ? Un bout de quelque chose, sur le plancher, contre le pied de la table. Ça mesure deux centimètres de long, c'est plat, c'est jaune avec un bout noirâtre. Ce brimborion, ce moins que rien un tantisoit dégueulasse, un seul homme au monde sait le faire ; et cet homme unique se nomme César Pinaud. Il s'agit de son clope légendaire, de son mégot sur papier maïs, creux, débectant à outrance. Pas d'erreur. Et moi, l'Antoine vigilant, je le retapisse d'entrée de jeu !

Me baisse, le recueille, le brandis.

— Où est-il ? demandé-je.

La dame, qui n'est plus toute jaunette, demeure aussi imperturbable qu'un plat d'offrande.

— Je vous demande où est le monsieur qui fumait cette cigarette.

Bouche cousue. La grande muette. Et alors, si je suis vraiment le fin psychologue qu'annonçait Nostradamus dans ses *Centuries,* je puis t'assurer qu'on peut la découper en fines rondelles, façon concombre en salade, elle mouftera pas. Tisonnier rougi dans le bigfigue, passage à la gégène, gag de la baignoire gestapiste, elle est indécrochetable de la menteuse, la Mikadette. T'obtiendrais plus rapidement les confidences d'une limande à l'étal.

— Passe-lui les cadennes, Mathias ! On va se l'embarquer vite fait bien fait.

Le Rouquemoute s'exécute. J'entreprends alors de fouiller l'apparte. Je n'y trouve rien de très intéressant, sinon des seringues et des produits pharmaceutiques dont les étiquettes sont imprimées en japonouille et en anglais.

— File ce blaud dans une boîte, tu l'examineras pendant tes récréations, le grand !

Et pour lors, je dégage par un escadrin en coolie de maçon qui relie le petit logement à l'appartement.

En bas, c'est beaucoup plus juteux. Assez vite, je

déniche, dans le bloc servant de base à différents instruments d'esthétique, plusieurs talkies-walkies, des explosifs, des instruments de serrurerie, des armes, de la drogue, tout un bordel pour terroristes chevronnés.

— Mathias, hélé-je, tu veux bien descendre avec Mme Fleur de Mouscaille ?

Mon pote et sa prisonnière me rejoignent.

Je désigne le butin étalé sur le carrelage du salon.

— C'est un lot, c'est une affaire ! dis-je.

Mathias en est émerveillé.

— Vous êtes un homme inouï, commissaire.

— Je sais, fils, mais que ça reste entre nous !

La Jaune menottée paraît ne pas voir la camelote déballée. A quoi joue-t-elle ? Elle frotte sa joue contre une sorte de tube en caoutchouc qui, tombant du plafond, disparaît dans un appareil chromé ressemblant plus ou moins à un lavabo.

— Que faites-vous ? lui aboie-je.

Qu'en guise de réponse, cette fille de taureau, la voilà qui saisit le tube avec ses dents et qui s'élance (d'arrosage).

Elle fait un pas, puis deux, le tube cède, ou plus justement, c'est la plaque Isorel fixée au plafond et à laquelle le tube est relié qui lâche. Il se produit un vlouff de pneu brutalement crevé.

La fulgurance de Sana, personne pourra jamais rivaliser. Je n'ai fait qu'un bond jusqu'à la lourde du magasin, raflant une chaise au passage que je propulse dans la vitre.

Tout piger avant que les faits ne se produisent, là est le secret troublant de San-Antonio dont on ne dira jamais assez qu'il est le surdoué le plus impressionnant de cette seconde moitié du millénaire. La vitesse de ma compréhension bat celle de la lumière dix mille kilomètres seconde, montre en main ; c'est peu, mais c'est gigantesque comparé à celle d'un cantonnier de la Corrèze, d'un roi des Belges ou d'un bouvier des Flandres dont les Q.I. sont réputés similaires.

Te décomposer ma pensée ? Impossible. Le temps de me dire « Pourquoi attrape-t-elle ce tube avec la bouche ? » que je me réponds : « Parce qu'elle n'a pas la possibilité de le faire avec les mains » ; le temps d'enchaîner par « Pourquoi tire-t-elle dessus ? » que je réalise « C'est pour déclencher quelque chose ! ». Et ensuite, à folle allure, de songer : « Tube égale gaz, gaz égale mort ou anesthésie ; anti-gaz égale air frais. Donc, état d'urgence ! Pour cela : cesser de respirer, briser la vitre (n'ayant pas le temps d'ouvrir la porte avant les effets pernicieux) ». Chiément déduit, non ? Qu'est-ce que tu dis ? Bravo ! Merci. J'accepte. Et respire, la tronche à l'extérieur. Et me mets à déverrouiller la lourde du magasin... Ça y est ! Maintenant évacuation ! Quelques pas dans la rue du Général-Mormele. La brise nocturne ? Un délice. J'ai eu beau me gaffer, les yeux me piquent, les bronches, les poumons... Merde ! Mathias !

Courageux Sana ! L'altruisme de Schubert avant tout !

Alors, la vieille garde entra dans la fournaise. Hugo ! Mon mouchoir sur ma face ! Goulée d'oxygène parisien, y a mieux dans les Highlands, mais c'est plus loin ! Vas-y, l'Antoine !

Le rouquin dans les fumées nocives. Je l'attrape par n'importe quoi. Dieu soit loué, c'est pas sa bitoune de géniteur exacerbé, mais le revers de son imper. L'arrache des liens sournois de l'inertie, le hale... Tout halait bien, merci ! Dehors, l'aminche. Voici. Il est *out*, asphyxié de fond en comble. Mort ? J'espère que non. Sa mégère, sinon ! Ce ramdam ! Tu la connais, la pondeuse des quatorze chiares ? L'acariâtrie faite femme ! Femme moche ! Je l'emmène plus loin sur le trottoir, loin des funestes effluves. Son cœur bat. Mais il a des spasmes, des rauqueries affreuses, ça lui caverne dans le transfo. Il fait des bruits de pompe déamorcée, grinçants, inefficaces. Arrrhhhhui heu! Arrrhhhhui heu! Un peu comme ça, tu vois? Ça déconne dans sa chambre des machines.

Un gazier en pyjam et sa canadienne enfilée par-dessus rabat de l'immeuble, suivi d'un loulou de paumé radis et ensuite d'une dame vachasse en chemise de nuit, varices de jour, robe de chanvre, bonnet de tulle, et qui sent le suinté, le pet nocturne, le graillon refroidi, la ménopause mal vaincue.

— Mais quoi, mais qu'est-ce? crie le cher homme de tout à l'heure. Je savais bien qu'il allait se passer des choses.

Il se penche sur Mathias.

— Mort?

— Non.

— Alors foutu, diagnostique l'aimable locataire. Et la femme? ajoute-t-il.

— Je vais la chercher! Allez demander du secours : ambulance avec appareils de réanimation, vite!

Sublime d'abnégation, l'illustre Sana retourne dans le magasin. A la Japonaise maintenant! Ce con de chien me suit; pas par héroïsme, mais pour mordre mes talons; probable que je finis par l'agacer. Pour m'en débarrasser, je le shoote d'un coup de botte platiniesque. Il valdingue à l'autre bout du local et y reste, nazé, gazé, *out!*

Je chope la chaînette des menottes, ce qui est bien pratique pour promener une Japonaise évanouie. Mais quand je l'abandonne sur le trottoir, la dame, force m'est de me rendre à Lévidance (Meurthe-et-Moselle) : morte!

Encore un kamikazé, v'là l'vitrier qui passe!

— Vous n'avez pas vu Alonzo? me demande la femme du général Mormele; c'est notre chien; il était là il y a un instant.

— Il va revenir, assuré-je.

Et, comme je suis trop épris de vérité pour rester sur un mensonge, je me hâte d'ajouter :

— Il ne peut pas être loin !

NINTH

Sur le coup de deux plombes, je me retrouve dans la cour de la Grande Casba, garant mon Estafette d'emprunt entre un car grillagé et une Renault 5 gonflée à bloc.

Désabusé, il est, Tonio, malgré son succès relatif. Mes troupes sont décimées : Pinaud kidnappé par le K.K. Boû Din, Mathias à l'hosto avec des poumons racornis comme des semelles d'un marathonien mexicain, Bérurier ministre... Me voici donc seul face à toi, mon vieux lecteur, une fois de plus. Inébranlable (mais ta femme peut toujours essayer) dans la tourmente.

Bon, j'ai découvert l'un des points de chute de la terrible organisation jap. Et alors ? Et après ?

Des lumières moroses brillent derrière les vitres douteuses du Palais Parapluie. Je pénètre dans l'édifice qui, à cette heure, est aussi folichon qu'une épidémie de peste bubonique. Deux plantons discutent avec des voix de naufragés jouant à pile ou face lequel bouffera l'autre. Un thermos de caoua est la seule note de folle gaieté dans cet univers administratif.

Ils me saluent avec désinvolture. Le respect des hiérarchies se perd.

— On ne vous voit pas souvent par ici, commissaire ! lance le plus jeune.

— L'endroit me rend trop euphorique, je crains toujours d'être blessé par un éclat de rire...

Et je plonge dans ces putains de couloirs qui me donnent l'impression de conduire à quelque chambre à gaz.

Je me dirige à pas mous vers le bureau où j'ai drivé Yamaha Késouton Ku. Qu'est-ce que ma vigoureuse consœur a fait de ce Jaune, pendant le temps de mon équipée ? Une mayonnaise ? Elle a bien dû me laisser un brouillon de projet d'embryon de rapport, je suppose ?

Je pousse la lourde et, ô stuprise ! Ô stupeur ! je les découvre là, tous les deux dans la position où je les ai laissés naguère. Simplement, ils paraissent — le gars surtout — un peu crevés.

Thérésa m'interroge du regard.

Je lui réponds par une moue évasive, lourde de mon désenchantement.

— Ça avance en diagonale, soupiré-je, mais ça avance... Et vous deux ?

— On a beaucoup parlé chiffons, dit la môme. J'ai pris des notes, vous voulez les parcourir ?

— Volontiers.

Elle se lève, me désigne son siège.

— Si j'allais chercher du café pendant ce temps ?

— C'est cela, oui : une bonbonne de café, une citerne de café, ma jolie !

La voilà partie. Le Jap dodeline sur son siège.

— La nuit est longue, hé ? je lui lance.

— Elle finira, me répond-il.

Et moi je trouve la réplique très jolie, en vérité. Les Japonais, bon, faut les connaître. Les cons racistes (pléonasme, car il faut être archi, super, hypercon pour être raciste) daubent sur tout ce qui vient d'ailleurs, ça commence par les teintés, ça continue par les trépanés du gland, ça se finit par les voisins de palier qui n'habitent pas le même apparte que vous, ces gueux infâmes! Ben, s'ils se donnaient la peine d'écouter... La peine de regarder les autres...

Je parcours les notes admirables de concision.

La grand-mère de M. Yamaha Késouton Ku était française. Elle avait épousé le grand-père lors d'un séjour au Japon en qualité de fille de haut fonctionnaire. Ce que fut sa vie là-bas avec son Jap monté comme un colibri et bourré de traditions ancestrales, alors là, à la tienne, Etienne! Par réaction elle francisa son petit-fils à outrance, lui vantant les charmes de la douce France en général, ceux de Paris en particulier. Elle l'initia à la cuisine de chez nous et il se lança très tôt dans la restauration. Il fit l'école hôtelière de Kikachiéla, la plus réputée du Japon; où les maîtres queux français, tels que Guy Savoy, Bocuse, Jacques Borel s'en furent étudier la non-cuisson du poisson. Mais il n'avait qu'une idée en tête : venir s'établir à Paris. C'est ce qu'il fit lorsqu'il eut obtenu de sa famille les moyens financiers nécessaires.

Il ouvrit un premier restaurant dans le Quartier latin, lequel connut un grand succès. Alors, il lança le fameux *Yaton Ton Kébon,* à l'ambiance et aux prix luxueux. C'est au faîte de la réussite que le K.K. Boû Din se manifesta et commença de racketter Yamaha Késouton Ku. Au début, il se fit tirer l'oreille. Un début d'incendie le mit vite à la raison. Il dut, pour assurer sa sécurité et celle des siens, se plier aux exigences de la terrible organisation. En son nom, il acheta la maison de la rue Gaston-Debois et y fit aménager trois cercueils frigorifiques selon les indications qui lui furent fournies. Il ignore tout de l'usage qu'en fait le K.K. Boû Din; on lui expliqua simplement qu'il arrivait à certains de ses membres entrés clandestinement en France d'y décéder. Le rapatriement de leurs dépouilles étant malaisé, il convenait de pouvoir conserver celles-ci pendant un laps de temps indéfini. C'est à cela que servait la maison vide de Denfert-Rochereau.

Yamaha ne connaît pas les deux femmes mortes dont je lui ai remis les photos, par contre il a tout de suite reconnu son installation funéraire. Il nous supplie de ne pas ébruiter la chose, sinon le K.K. Boû Din s'en prendra aux siens, à lui, à son affaire et ce sera la mort et la ruine qui s'abattront sur les Késouton Ku. Leur sort est entre nos mains. Point provisoirement final.

Je repose les feuillets. Elle a une jolie écriture, Thérésa. Rapide, lisible et élégante.

Mon terlocuteur est tassé sur sa chaise, les mains croisées sur son ventre. Je l'examine, cherchant ce qui peut subsister de la grand-mère française dans cet individu. Un quelque chose d'anxieux. Voilà : il a hérité un peu de la rate au court-bouillon de chez nous. Juste ça : ce sens de la chiasse, cette crainte informulée qui nous rend soucieux, nous autres, gens de l'hexagone. On subodore toujours des foirades latentes, on rentre la tête dans les épaules, sachant pertinemment qu'une explosion se produira fa-ta-le-ment à un moment ou à un autre.

— Il marche bien, votre restaurant, n'est-ce pas ?

— Très bien.

— Votre famille se compose de combien de membres ? J'entends celle de Paris.

— Ma femme, ma mère, ma fille et un neveu venu de Yokohama l'an passé.

— Il travaille avec vous ?

— Oui.

— Votre fille également ?

— Non, elle est au conservatoire de musique, classe de piano.

La fierté paternelle ! Elle perce sous son ton uni, si doux, si calme.

— Par quel biais puis-je mettre la main sur la branche française du K.K. Boû Din ?

— C'est impossible. Elle est nombreuse, mouvante, secrète. Des membres arrivent, d'autres s'en vont ; c'est un malaxage sans fin. Comment se nomme cet animal mythologique à sept têtes dont chacune repousse dès qu'on la tranche ?

— Une hydre ?

— C'est cela. Le K.K. Boû Din est une hydre. Ces gens sont partout à la fois. Aucun organisme de répression n'est en mesure de les neutraliser, qu'il soit français, américain ou soviétique. Si vous parvenez à en arrêter un ou deux, vous n'en obtiendrez rien et ils seront remplacés le même jour. Vous perdrez votre temps et probablement aussi votre vie. Le gouvernement japonais a déclaré le K.K. Boû Din hors la loi, et pourtant il traite avec lui, il est son meilleur client ; probablement aussi son allié.

— Les deux femmes dans les caissons frigorifiques ?

— Inconnues.

— Supposons que je vous arrête pour recel de cadavres, que se passerait-il ?

Il blêmit.

— Je l'ignore, mais ce serait terrible.

— Donc, vous comptez rester asservi au K.K. Boû Din votre vie durant ?

— Je subis, je n'ai aucun moyen de ne pas subir. Certains compatriotes à moi résidant en France ont eu des accidents mortels ces dernières années...

— C'est triste de vivre en étant assujetti à des malfaiteurs.

— Ça l'est moins que de voir disparaître les siens.

Il a pas tellement l'esprit kamikaze, ce Jaunet. Il m'inspire une certaine pitié.

— J'ai l'impression que vous attendez quelque chose de moi, monsieur Késouton Ku ?

— En effet, j'attends votre compréhension, monsieur. Si vous entreprenez une action contre ma maison de la rue Gaston-Debois, ma famille et moi risquons de disparaître.

— Donc, moi, policier chargé d'une enquête sur le K.K. Boû Din, je dois mettre les pouces et fermer les yeux sur ce que j'ai découvert ?

— Vous connaissez le danger qui nous menace tous. Je crois qu'un policier plus qu'un citoyen ordinaire est capable de mesurer des risques et renoncer à certaines démarches par trop dangereuses.

— En dehors de cette maison Borniol que vous tenez à leur disposition, que faites-vous encore pour eux ?

— Rien d'autre. Leur force vient de ce qu'ils décomposent infiniment leurs problèmes. En France, vous appelez mettre tous ses œufs dans le même panier, le fait de centraliser les risques. Eux, ils ne mettent qu'un oeuf par panier et c'est pour cela qu'ils restent insaisissables.

— De quelle manière vous contactent-ils ?

— Ils me téléphonent.

— Vous n'avez jamais de visiteur, pour régler les problèmes importants ?

— Tous les problèmes sont réglés téléphoniquement.

— Au début, quand il s'est agi d'acheter une maison et de la faire aménager en morgue, on ne vous a tout de même pas expliqué tout ça par téléphone ?

— Oui, au tout début, j'ai eu deux clients qui m'ont exposé le topo. Je ne les ai jamais revus et il est certain qu'ils ont quitté la France depuis longtemps.

— Voulez-vous que je vous fasse appeler un taxi, monsieur Yamaha Késouton Ku ?

Il débride ses quinquets et se redresse.

— Je peux rentrer chez moi ?

— Oui.

Thérésa radine avec une thermos de café et trois gobelets de carton.

— Et, pour... pour la suite? interroge le rondeleur de poissecaille.

— Quelle suite?

Il jette les photos sur le bureau.

— Oh! à propos de ces deux dames? Disons que vous n'êtes au courant de rien. Disons que nous ne nous sommes pas vus.

Je décroche le biniou et demande à l'un des deux plantons de venir chercher mon client pour le guider jusqu'à la sortie.

Thérésa sert trois cafés, le Jap refuse le sien. Franchement, il ne paraît pas heureux. Je te le répète : la grand-mère franchouille lui a légué cette saloperie bien de chez nous qu'on nomme la pétoche.

— On ferait mieux d'aller dormir, assure Thérésa, ça devient cafardeux votre truc, commissaire. La fatigue nous a, on n'est plus bons à nibe...

Comme je ne réponds pas, elle estime que je me range à son argument et le développe :

— Vous avez lu mes notes? Il est certain que nous tenons ce type, mais il ne nous mènera à rien de positif.

— Lui, sans doute, mais j'ai foi en sa maison.

— Sa maison?

— N'oubliez pas qu'elle contient une certaine... marchandise assez particulière que ces diables jaunes voudront récupérer à un moment ou à un autre...

— Si bien que vous allez prendre la planque rue Gaston-Debois.

— Je n'ai pas d'autre solution.

— Vous mettez un dispositif au point?

— Je suis mon propre dispositif.

— Alors, si vous permettez, je vous accompagne.

— Je croyais que vous tombiez de sommeil?

— Prenons ma bagnole, je piquerai un somme

dedans pendant que vous sonderez la rue de votre œil de faucon ! Les sièges avant sont rabattables, mes vitres opaques permettent de tout voir sans être vu. Mieux que cela encore, elle est équipée d'un gadget que je ne vous ai pas encore montré.

— Et qui est ?

— Venez !

Je venas.

Elle a du chou, la collègue. Magine-toi que ses pare-soleil sont composés en fait de deux loupes rectangulaires, réglables grâce à la tige télescopique qui les tient fixés au pavillon. Elle trouve une place à cinquante mètres de la maison, en face, opacifie ses vitres, règle mon pare-soleil-loupe et abaisse le dossier de son siège. Comme rien dans son équipement ne laisse à désirer, elle tire une couvrante soigneusement roulée de sous le tableau de bord et la déploie sur sa partie inférieure.

— Besoin de quelque chose, grand chef ? ânonne-t-elle, les vasistas déjà en code.

— Une petite pipe à la rigueur, mais nous verrons cela plus tard.

— Il y a des menthes fortes dans la boîte à gants, fait-elle encore avant de s'immerger dans la dorme.

Ma veille commence. Mais, en est-ce vraiment une ? Ne devrais-je pas qualifier ma torpeur de sommeil-sur-le-qui-vive ? Oui, j'en écrase bel et bien, mais en laissant une partie de mon conscient éclairé. Je dors sans oublier où je suis ni ce que j'y fais. C'est doucereux et exténuant à la fois. Cela provoque des départs de cauchemars qui, très vite, capotent. Alors j'ai un soubresaut et je regarde la rue vide, qu'éclairent avec parcimonie des lampadaires d'une autre époque. Toutes les fenêtres sont éteintes, nul passant ne s'aventure. Une photo tirée d'un vieux Carné ou d'un vieux Duvivier ! Du Simenon de la grande époque. Mais moi je ne suis pas Maigret. J'apprécie tout cela en artiste. Et puis repique dans le brouillard de ma fatigue. Je donnerais n'importe quoi pour me trouver dans une chambre d'hôtel confortable, en vacances, c'est-à-dire sans contraintes ni menaces de téléphone.

Je pense à Pinuche. Qu'ont-ils fait de lui ? Ma chère vieille guenille... Tout abîmé par le temps, négligé avec tant d'application... Son vieux cache-nez qui ne lui cache pas le nez, son mégot qu'il faudra bien qu'Armand monte en bijou un de ces jours...

Thérésa ronfle un peu. La rue livide est désespérante. Je dors. Me réveille. Me rendors. La rue...

Le passage d'une bagnole m'arrache. Je tressaille. C'est une grosse Mercedes noire, long châssis. Elle nous double. Elle aussi a des verres teintés ; moins opaques que les nôtres toutefois, mais qui dérobent ses passagers.

Elle roule lentement, disparaît à l'extrémité de la rue. Mais je sais qu'elle reviendra. Comme les motards devant chez la mère Tatzi. Un premier passage de reconnaissance. Je sais, je sens, je suis convaincu. J'attends ! Elle va revenir...

Trois, quatre minutes s'écoulent.

Puis s'écroulent car, vaincu par mon intense fatigue, je pique du menton sur ma cravate.

Ça y est, la revoici ! Je rallume mes lampions.

Non : dans mon imagination seulement ! La rue livide et vide... Hallucination ! Fréquent. Je...

Je, plus rien... Une vague de dorme... Le revoilà à dame, l'Antonio.

Un claquement de portière me récupère. De toute belle lucidité, ton commissaire ! La grosse Mercedes est là-bas, stoppée devant la maison. Bon Dieu ! mais elle déhotte ! Sale con d'Antonio ! Veilleur sur motte de beurre ! Les gars sont venus sur la pointe des pneus. Ils ont fait leur bizness sans que je m'en rende compte. C'est leur départ qui m'a réveillé.

— Thérésa ! Vite !

— Hmmm, quoi donc !

— Réveillez-vous, bordel ! Et suivez cette voiture noire, là-bas !

Elle se met sur son séant en geignant, encore toute contusionnée par sa pionce. Remonte le dossier de son siège. Ça prend un temps infini.

— Mais remuez-vous le cul, bon Dieu de merde !

Elle arrête de crémailler, tourne sa clé de contact. La voiture ronronne. Elle dépote. On parvient au carrefour dans une belle ruée. Zob ! Désert ou presque... Quelques tires de messageries de presse, de maraîchers, une moto... Plus de Mercedes. Quatre voies s'offrent. Laquelle choisir ? Thérésa fait le tour du rond-point. Impossible de se déterminer. On se lance au hasard sur une piste lorsqu'il y en a deux qui se proposent à la rigueur, mais quatre !

— Retourne à la maison, môme !

Tiens, voilà que je la tutoie, tout à coup, comme si de m'être emporté contre elle avait tissé des liens plus intimes que ceux de la lonche.

Elle me rend la politesse.

— Tu m'en veux ? demande-t-elle.

— C'est à moi que j'en veux. J'ai roupillé comme un cocu pendant que ces mecs pénétraient dans la maison !

— Parce que tu es épuisé de fatigue. Les supermen eux-mêmes ont besoin de récupérer.

La maison grise dans la nuit grise...

Thérésa stoppe.

— Que crois-tu qu'ils soient venus faire ? demande-t-elle.

— Récupérer les cadavres, dis-je ; ils ont compris que j'étais sur leur piste et ont préféré évacuer leurs macchabées... On va vérifier...

A nouveau je procède au délourdage.

Le sous-sol... La morgue...

Les trois compartiments frigorifiques, avec leur

appareillage luisent dans l'implacable lumière des néons.

— Brrr..., fait Thérésa. On se croirait chez M. Frankenstein...

Je me porte jusqu'au cercueil central et en soulève le couvercle. Je m'arrête, ébaubi à la vue de la Japonouille morte ; la vioque est toujours là, bien sage, les bras le long de son corps, l'air extatique, sorte de statue de la mort asiate.

Ma compagne frissonne en apercevant ce cadavre pimpant dans son kimono de soie. Je soulève alors le couvercle du troisième cercueil : la jeune morte est toujours fidèle au poste, elle aussi.

— Erreur d'appréciation, murmuré-je, ils ne sont pas venus chercher les mortes.

— Alors, qu'ont-ils maquillé ?

— Peut-être y a-t-il des contrôles à faire pour maintenir ces containers à une température constante ?

— Peut-être. A moins que...

— Que ?

— Qu'au lieu venir chercher les cadavres ils en aient amené un nouveau ?

Dans cette crypte funéraire, la suggestion revêt une intensité plutôt dramatique, espère !

J'hésite un peu. Mais un mec c'est un homme, non ? Alors je me dirige vers le premier mausolée.

Ces couvercles pèsent une vache, mais un système de compensation hydraulique ou je ne sais pas quoi permet de les soulever avec le petit doigt.

Thérésa a deviné juste. Ils ont bel et bien amené un nouveau pensionnaire.

Pinaud est allongé dans le compartiment, avec son vieux bitos sur la poitrine.

TENTH

Il y a des femmes qui, dès avant leur mariage, sont déjà faites pour être veuves. Ainsi de Mme César Pinaud. Elle porte en elle le veuvage comme certains prêtres leur apostolat. Elle est nantie de la résignation miséricordieuse nécessaire pour assumer ce genre de position sociale. Sombre épouse confite en dévotion, souffrant sans cesse de mille maux aux noms surannés ; malbaisante par vocation, elle aura escorté son valeureux compagnon dans le seul but de lui survivre et de le pleurer. Elle est de ces femelles qui ne deviennent véritablement épouses qu'après la mort de leur conjoint ; la vie conjugale n'étant qu'une sorte de long purgatoire matrimonial égayé de confitures et assombri par la peur de l'existence. La maladie toujours à l'affût, le péché sans cesse menaçant. Dame Pinuche a attendu *son* heure qui coïncide avec la dernière de son époux, en pratiquant au maximum la chasteté, la diète, la prière, la tisane et le tricot.

Elle se tient très droite à mon côté, dans la pièce servant de morgue à l'hôpital où l'on a amené la dépouille de Pinuche. Vêtue de noir, comme par enchantement, blafarde et pétrifiée dans un stoïcisme recueilli, on croit déjà voir flotter du crêpe autour de son visage. Le crêpe noir, vaporeux, barreaux de sa prison-royaume.

Maman que j'ai prévenue est là également, accompagnée de ma chère Marie-Marie, et toutes deux pleurent devant la dépouille de ce cher compagnon qui fut si frêle et si courageux pourtant. Cocasse mais plein de grandeur.

Le professeur Sassaigne qui a examiné le corps m'explique dans l'oreille gauche que le défunt a reçu une manchette sur la nuque au « point Z », là que le convecteur hybride s'enfourne dans le grand balutin convexe. C'est un des trois centres de fromagisation de notre individu, avec le roupette-indurant et le guignolingue de maturation. Un coup terrible que seuls pratiquent certains lutteurs nippons ayant accédé à l'initiation finale.

Il s'interrompt à cause d'un remue-ménage. Quatre motards en gants blancs mousquetaire viennent de pénétrer dans le local. Ils forment la haie et gardavousent. Un lieutenant de gendarmerie paraît à son tour, précédant un homme corpulent, sanglé dans un costume bleu croisé entièrement neuf : Son Excellence Alexandre-Benoît Bérurier, nouveau ministre de l'Intérieur par la grâce de Dieu et la volonté présidentielle.

Le Gros, rasé de frais, talqué jusqu'aux oreilles, chemisé de blanc, cravaté de noir. Des membres de la police sont sur ses talons. Chefs en tout genre : directeurs, divisionnaires, officiers... Tout un groupe compassé, solennel, guindé.

La morgue est pleine tout à coup de cette foule étrange.

Bérurier s'approche du chariot où repose notre vieux compagnon. Il s'incline, comme il l'a vu faire si souvent par ses prédécesseurs devant la dépouille des flics morts au champ d'honneur, puis il va à Mme Pinaud, lui presse longuement la main en déclamant :

— Condoléances émues, sincères et véritab'ment navrées, chère maâme.

Après quoi, il sort de sa poche une feuille de papier qu'il déplie calmement et se met en devoir de la lire.

— Inspecteur principal Pinaud, attaque-t-il d'un timbre ferme, la République française que vous avez servie avec tant de courage et de négation, j'veux dire d'abnégation, votre vie dupont, j'veux dire durant (qui c'est le con qu'a tapé ça !) vous remercie pour votre sacrée sauce suprême, je veux dire pour votre sacrifice suprême. Vous êtes mort en croupissant votre devoir, inspecteur principal Pinaud, et la natation tout entière saucisson, je veux dire s'associe, au deuil de votre admirable compagne ici présente. En vertu des pouvoirs qui me sont confédérés, en mon nom et au nombril du président de la République, je vous décore à titre posture de la Région d'honneur !

Il prend la médaille à ruban rouge qui lui est présentée sur un coussinet conçu exprès pour ça.

C'est en s'inclinant sur le défunt que le ministre craque.

— Pinuche ! balbutie-t-il. O ma vieille fripe, ça va t'faire une belle jambe ! Comment t'est-ce t'a-t-il pu te laisser scrafer par des empaffés de Jaunes, boug'de vieux croûton. Au moment qu'on s'attendait pas. Toi, une espèce de branleur qu'a passé à travers tant de vilains coups fourrés ! Combien d'fois-t-il je t'ai-je vu dans les pires situasses, mon con ; et ta pomme, mine d'rien, comme tu t'roulais un mégot, tu r'prendrais les choses en main ! On avait toujours l'air d't'avoir sorti d'la naphtaline, mais t'avais l'chou et les réflesques d'un gars de trente balais, boug'de vieill'seringue ! Et v'là qu't'es raide comm'un godemiché et qu'je dois naugurer mes z'hautes fonctions en te pinglant c'te babiole su'l'placard. O César, mon pote, mon pote !

L'Excellence éclate en sanglots tumultueux et épingle la médaille sur la poitrine concave du héros mort.

— Aïe ! fait alors une voix.

M. le miniss se redresse. Se tourne vers l'assistance, l'œil sévère :

— Qui est-ce-t-il qu'a fait « Aïe » ? demande Son Excellence.

— Moi, murmure le mort. Tu m'as piqué !

Une houle stupéfaite passe dans la foule présente. Chacun fait un grand pas en avant. Mme Pinaud brusquement déveuvée s'évanouit avec à-propos.

Le professeur Sassaigne s'est précipité. Il est déjà en train de tripoter le ci-devant cadavre. Il branle son auguste chef en psalmodiant des expressions médico-latines aussi vite que ça peut.

Baderne-baderne reprend du poil de la bête et se dresse sur un coude. Il contemple l'aimable société assemblée d'un œil qui frise l'incrédulité.

— Messieurs-dames, salue-t-il. Pourrais-je savoir où je me trouve ?

Il se tait pour masser sa nuque douloureuse.

— J'ai eu un malaise dans une cabine téléphonique, déclare-t-il. Et je...

Pour lors, le ministre éclate :

— Non, mais y m'les fera toutes, ce vieux peigne ! Vous avouererez ! J'sus là qu'j'lâche mon ministère pou'v'nir décorer c't'apôtre. Et c'est Légion d'honneur par-ci, discours par-là, chagrin à tout va, pour en arriver qu'c'te crème de gland s'met à jouer les gares Saint-Lazare et me ressuscite en plein'gueule, bordel ! D'quoi qu'j'ai l'air, moi, d'vant tous les corps constipés d'la Rousse, à jérémier su'un cadav'qui crie « Coucou, m'r'v'là ! ». Et c'te médaille, dis, fesse d'rat malade, j'm'la fous t'au cul ou j'la décerne au Sénégalais qui balayait l'tortoir quand j'ai arrivé ? Non, c'est bien pour dir'd'faire chier son monde, Seigneur Dieu ! On t'd'mandait quéqu'chose, 'spèce de nœud coulant ? Maâme Pinaud qui veuvait dign'ment, tout l'monde la larme aux yeux et moi, lancé à fond la caisse dans les r'grets éternels ! Tu m'la copiereras, César ! Celle-là, tu m'la copiereras, juré. Se payer la bouille d'un miniss ! Tu vas t'r'trouver au chômedu, mon pote ! J'peux pas m'permett', pour mon autorité, d'passer su'un affront pareil !

Et Son Excellence quitte la morgue en bousculant tout un chacun. Ses imprécations moutonnent dans les couloirs vétustes, reprises et amplifiées par de vieux échos.

L'assistance s'égaye, puis s'égaille.

Une plombe après cette résurrection qui restera fameuse dans les annales, voire dans les anus, je me trouve en tête à tête avec la Vieillasse dans une chambre à peine plus grande que l'armoire à balais. Elle est tellement exiguë qu'on a dû placer le lit en position quasi verticale pour l'y faire tenir.

Le professeur Sassaigne m'a expliqué le phénomène qui a plongé Pinaud en léthargie : une déconnection des centres graviaux dans le méandre dur du subjectif analogique. Ensuite, sa congélation a pétrifié le phénomène et c'est en dégelant que le sujet a repris vie. La chose s'est déjà produite dans le grand nord canadien, en 1955, et une autre fois dans l'Himalaya lorsque l'explorateur italien Eugenio Vertigo est tombé de l'escabeau dont il s'était muni pour atteindre le point culminant de l'Everest. Ce qu'il y a de fumant avec le monde médical, c'est qu'on y trouve toujours une explication rationnelle aux mystères les plus effarants.

Et donc, Pinaud n'est pas mort. Pinaud cuit ? Jamais ! Pinaud cru ? Toujours ! Vive Pinaud !

Il est déjà en train de se confectionner un futur mégot. Pour l'instant, la chose qu'il roule entre ses doigts (blague à part) ressemble presque à une cigarette. Mais il va non pas « l'allumer », mais y « mettre le feu » ; et, magiquement, le cylindre torturé comme un cigare italien ou une merguez va se changer en clope. En clope-cloporte.

— Tu me racontes, Pinuche ?

Il ne demande que cela, le pauvre biquet, ayant retrouvé l'usage de la parole !

Alors qu'il démarre... Ce que je sais déjà pour commencer et que je t'épargne, me contentant d'un bref résumé en mémorance de ta connerie, pour te mettre la pendule à l'heure. Son idée clé : quelle portée le talkie-walkie piégé ? Mathias lui fournit un ordre de grandeur. Alors la Guenille se met à fouinasser dans le quartier, aux abords — mille sabords ! — de l'église. Et à tourniquer, tu sais quoi, Eloi, il aperçoit une petite dame, extrêmement japonaise d'aspect, qui papote avec des gens émus par l'explosion de l'église. Elle se rencarde mine de rien sur les conséquences. Apprend qu'il y a eu mort de pénitente. La dame s'en va, renseignée, Pinaud au der. Elle regagne son magasin d'esthétique. La Pine se placarde dans le coin et décide d'attendre. Il poireaute des heures. Sa persévérance est enfin récompensée. Une grosse Mercedes noire stoppe dans la rue, non loin de la boutique. Un Jaune en descend, qui pénètre dans l'immeuble. La Vieilloque décide alors de prévenir Mathias. Il se rend à la cabine téléphonique et compose son numéro. Le Rouillé décroche. Pinuche exulte, je te l'ai déjà dit à la page j'sais pas combien. Sa jubilation est de courte durée car, brusquement, le monde cesse d'exister et il se réveille le lendemain dans une morgue d'hôpital pendant qu'un enfoiré de ministre lui plante l'épingle d'une Légion d'honneur dans la viande. Car retiens bien cela, mon fils, tout comme la rose dont elle a la couleur, la Légion d'honneur comporte des épines !

— J'avais vu juste ! se remet-il à triompher le Big Dabe !

Et alors, il me plonge dans la confusance extrême.

— J'ai noté le numéro de cette Mercedes, m'annonce-t-il.

Il l'a noté ! Lui Pinuche, un débris au bout du rouleau, a eu cette élémentaire réaction. Et moi pas.

Cette nuit, rue Gaston-Debois, lorsque je me suis éveillé en sursaut, je n'ai pas pensé une seconde à regarder la plaque minéralogique de la voiture, tout à l'affolement de découvrir brusquement cette auto à l'arrêt.

— Cherche mes fringues, petit. Dans la poche-briquet de ma veste, tu trouveras un ticket de métro. Au verso, il y a le numéro en question. *Achtung :* plaque diplomatique. Un C.C., mon cher. Donc, vas-y doucement.

ELEVENTH

Y aller doucement ! Il est bon, l'Ancêtre ! Plus tant branché ! Pas cool la moindre. Il s'imagine encore au temps de la monarchie. Cézigue pâteux, la chute des privilèges, connaît pas. Il en est toujours au droit d'aînesse, au lait d'ânesse, au sacro-saint respect de tout ce qui est riche et titré.

En deux coups les gros, j'apprends que la Mercedes appartient au consulat général d'Albanie. Ce qui ne laisse pas de me surprendre, comme disait la maréchale Mongenoud à la comtesse de Prantmois. J'imagine mal qu'une tire officielle, dûment homologuée, serve à véhiculer de la viande froide ! Bon, faut voir...

Les Albanais, je sais pas si on te l'a raconté, c'est pas des ultra-marrants. Faudra que je leur fasse expédier une bonbonne de fluide glacial, une douzaine de vessies pétomanes et un service complet de verres baveurs pour essayer de les dérider. M'est avis qu'ils doivent aller se planquer dans les gogues pour se marrer un petit coup à la sauvette. Et encore, y a sûrement un œilleton de contrôle dans leurs cagoinsses, je présume. Ah ! ils sont loin du roi Zob, pardon : Zog, les mecs ! D'Edmond About (de forces) *le Roi des montagnes,* une chiée histoire.

M'en souviens plus très bien. Fallait que je prenne

l'escabeau pour décrocher ce *book*, tout en haut de la bibli. About, tu penses ! Ab. Il commençait la série. Depuis, y a eu Aaron... About, c'était le torticolingue assuré. Zola, le tour de reins. Des gaziers impecs : Flaubert, Gauthier... Tu les avais à la hauteur d'œil. C'est ça, en littérature, les véritables privilégiés. Moi, j'aurais fait grand écrivain, au lieu d'écrivain populaire, j'étais sûr de morfondre en bas de rayons : San-A., tu parles. Le « S », à la cave, juste avant Voltaire. Heureusement, on me séjourne dans les chiottes. Si bien que, dans quelque maisonnée, toute la *family* me manipule au moins une fois par jour, et plus quand il y a chiasse en la demeure. De la sorte, je suis perdurable (de lièvre). Parfois, quand le distributeur de faf à train fait relâche et qu'un déféqueur se trouve en rade, on m'ampute la page de garde, celle du faux titre, et la dernière, si ça ne suffit pas, celle où figure le blaze à Bussière, notre imprimeur. Les autres, ils n'osent pas. Ce serait sacrilège. Alors, ils se sèchent à l'air, en s'éventant l'oignon de la main. La vie a ses pauvretés... Elle n'a presque que cela, d'ailleurs. On s'accommode. On se dit que bon, pour le temps qui nous reste, ça ira bien. Et, de fait, ça va bien. On fait avec, on se résigne. Quand t'es pas de la jaquette flottante, un trou du cul ne tire pas à conséquence...

Et je te reviens à l'Albanoche qui me reçoit... Cette frite, mes aïeux ! Noire, aiguë, avec des poils sur les pommettes et un regard de faucon affecté de strabisme. La bouche en coup de poignard. Fringué bodygraphe.

Je lui décline mes titres. Lui explique qu'on recherche leur Mercedes noire, laquelle a heurté une vieille dame, laquelle est morte, laquelle mort doit être sanctionnée comme il convient, nonobstant l'immunité diplomatique...

Le regard du gars s'assombrit et se pince de plus en plus. Un moment, je me demande s'il va pas me faire fusiller séance tenante par ses secrétaires qui doivent toutes avoir une Raskolnikov dans leur placard.

Il laisse tomber les commissures de ses lèvres pour causer.

— Notre consulat ne possède aucune Mercedes noire.

Je lui allonge le numéro relevé par Pinaud.

— Et aucune plaque minéralogique portant ces chiffres ? insisté-je.

Il lit, sourcille, ce qui barre le sommet de son visage d'un large trait noir. Puis il sort de la pièce sans s'excuser.

J'attends en regardant la photo officielle d'un gus pas marrant dans un cadre doré orné d'un drapeau albanais. Ses yeux sont si acérés qu'ils doivent « m'observer pour de bon ». J'essaie de le désarmer d'un beau sourire franc et massif, mais il garde son visage de bois.

Au bout d'un moment, celui qui s'occupe de mon problème revient, l'air plus que pas content.

— Effectivement, ce numéro correspond à une de nos voitures, annonce-t-il, mais il s'agit d'une Volvo gris métallisé de modeste cylindrée.

— Me serait-il permis de la voir ?

Il va pour refuser ; j'ajoute précipitamment :

— Ainsi je pourrais attester qu'il ne s'agit pas du véhicule incriminé, et la chose serait classée.

Cette seconde partie de mon discours le convainc.

— Suivez-moi !

Trois tires dans le garage, surveillées par un mec chafouin à l'air enchifrené (il a peut-être le rhume des chafouins). Une DS blanche, une Golf GTI, la Volvo métallisée portant le numéro que Pinuche a relevé sur la Mercedes.

Mon escorteur dit un truc en albanais moderne au gardien du sérail. Ce dernier va fouiller la boîte à gants de la Volvo et en extirpe la carte grise de la chignole, munie d'un volet protecteur transparent. Sans un mot, il me la tend. J'en prends connaissance et, de fait, le numéro fatidique a bien été attribué à la Volvo.

— Satisfait ? me demande l'escogriffe au vrai regard de faucon.

— Convaincu, lui dis-je en rendant le document.

— La personne qui a relevé le numéro se sera probablement trompée ?

— Je ne pense pas.

— Vous envisagez une autre hypothèse ?

— Oui.

— Laquelle ?

— Quelqu'un a reproduit cette plaque pour équiper une voiture dont il ne se sert que dans des cas particuliers.

— Cela me paraît bien téméraire.

— Quelqu'un de téméraire, dis-je d'un ton léger.

Le condor brun caresse les poils de ses pommettes.

— J'espère que vos services parviendront à mettre la main sur cette Mercedes fantôme...

— Je l'espère plus que vous. Bon, eh bien, il me reste à vous remercier pour votre accueil chaleureux.

Il semble ne pas relever l'ironie de mon propos et me raccompagne jusqu'à la sortie du consulat.

Je me retiens de lui tendre la main, sachant bien qu'il n'aurait pas la moindre envie de me la serrer. Ses yeux pincés se plantent sur ma bouille comme une pince de homard.

Alors je balance la sauce :

— Vous recevez beaucoup de Japonais ici ?

Cette question-grappin pour tenter d'arracher une réaction au bonhomme.

Je l'obtiens. Il a un léger tressaillement musculaire. Son grand zygomatique dérape. Son regard poinçonneur me quitte un bref instant. Touché !

Puis il se récupère. Le tout n'a pas duré deux secondes.

— Pas à ma connaissance; pourquoi?

— Pour rien, merci.

Je m'éloigne. Thérésa que j'ai récupérée m'attend dans sa voiture bordelière, à deux *streets* de là. Installé à son côté, je renverse ma belle tronche d'intellectuel surchauffé sur l'appui-tête. Fatigué, fatigué, fatigué! En rade de pionce. Le jour où je prendrai des vacances, j'irai dans une auberge au fond des bois, j'avalerai un somnifère, histoire d'en rajouter, et je dirai qu'on me laisse dormir pendant trois jours d'affilée.

— Qu'est-ce que ça donne? demande ma consœur.

— Intéressant. Plus j'avance, plus je me rends compte que le K.K. Boû Din est une organisation gigantesque qui a noyauté tous azimuts. Il a raison, Yamaha Késouton Ku, nous ne sommes pas de taille.

— Tu cherches quoi?

— Je suis une pauvre tête de nœud qui s'obstine à vouloir récupérer une tête d'ogive parce que le président de la République l'exige.

— Celle que Karol le Pieux venait d'obtenir quand on l'a tué?

— Affirmatif.

— Mais on l'a buté pour la lui prendre, non? C'est donc sans espoir; elle a été fourguée depuis belle lurette!

— Le président pense que non.

— Il se base sur quoi, ce grand homme?

— Tous les services de renseignements occidentaux ont été progressivement contactés et aucun d'eux n'a eu vent d'une quelconque transaction à ce sujet. L'état-major des S.R. français incline à penser que l'ogive de merde est en rideau quelque part et que ceux qui la détiennent prennent leur temps pour traiter. Il se demande même si Karol ne l'aurait pas planquée avant de crever et il ne serait pas surpris qu'elle n'eût point été retrouvée...

— Bon, alors tu en es où et que décides-tu ?

— J'en suis à la partie inférieure de l'entonnoir tournoyant sous l'effet de la force centrifuge et m'apprêtant à passer par l'orifice de sortie. Je décide que ça commence à bien faire et que je ne vais pas m'endormir sur ce fromage jusqu'à la fin de ma brillante carrière.

— Donc, on joue « stop » ?

— C'est pas dans mes manières, mais oui, j'abandonne. Courir dans tous les sens, provoquer des assassinats en voulant trop bien faire, sans pour autant avancer d'un iota, classe ! J'irai annoncer au président que je déclare forfait.

— Il ne va pas être content.

— Quand on fait ce métier, il faut apprendre la désillusion.

Je ferme les yeux et demeure un moment immobile, perdu au creux de ma fatigue. La lassitude est un berceau. Tiens, faudra que je le note. Ça fait bien dans mes *books ;* ça donne à croire que je suis un écrivain.

Une caresse que je qualifierais d'intime pour ne choquer personne déplace mon abandon vers la case voluptas. C'est la main de Thérésa qui glisse lentement sur ma région subalpine. Je lève un store : elle vient d'opacifier les vitres et nous sommes pratiquement seuls dans la rue. Elle a raison : c'est fichtrement godant ! Savamment, elle me désintime Pollux. Cette simple manipulation pratique l'épanouit. Et la voilà que me joue *la Flûte enchantée* d'Amadeus Wolfgang Mozart.

Amadeus...

Je pense à l'autre, au mien, à celui que j'ai rencontré au début de cette enquête. Le tueur à gages moribond.

Thérésa, elle sait te pratiquer le turlutute salivaire à basse fréquence. Sa menteuse est d'une frivolité folle !

Ne t'épargne aucun millimètre carré, aucun centimètre cube, aucun décimètre linéaire. Elle pratique la goinfrette silencieuse. Quelle application ! Quelle précision ! Elle doit avoir des ratiches rétractiles car tout est velours...

J'ai le regard mi-clos. C'est *good !* C'est *foot !* C'est *fast-food !* Miamiam bonno !

— Salope exquise ! je lui complimente, le timbre noyé.

Rien de plus élastique que ce mot de salope. Il exprime une gamme infinie de qualificatifs depuis « mon amour » jusqu'à « sale pute ».

De temps à autre, elle marque un temps d'arrêt, histoire de reprendre souffle et d'admirer son œuvre. C'est cela « se faire reluire ». Tu verrais Coquette : on dirait qu'elle vient d'être repeinte ! Qu'on lui a refait les chromes !

Thérésa a une espèce d'illumination qui lui arrive depuis le tropique du Capricorne. Elle est éclairée du dedans. Braoum ! elle regobe mon plantureux.

Et puis ma pomme, alors que je commence à ressentir des pulsions émotiques dans le chipolata verseur, j'avise quelqu'un à travers la vitre fumée. C'est le chafouin qui gardait le garage du consulat albanais. Il marche d'un bon pas, en promenant un berger allemand gros comme un veau. Ce qui me surprend, c'est la rapidité de son allure peu apte à permettre les mictions de son toutou. Ne lui laisse pas le temps de renifler les bordures de trottoir, à son molosse. Le pas de charge !

— File ce mec ! enjoins-je à Thérésa.

Stoppée en pleine fellation, elle se redresse. Puis, se souvenant de sa carence de la nuit lorsqu'il s'est agi de courser la Mercedes noire, elle m'abandonne le lactaire délicieux pour cramponner son volant. Suivre un piéton, en voiture, paraît chose aisée, mais ça présente bien des difficultés, la première étant que les sens interdits ne le sont pas pour lui et aussi qu'une bagnole roulant au ralenti attire l'attention.

Heureusement, l'homme ne va pas très loin. Il fonce en direction d'un bureau de poste, mais n'y rentre pas. Il pénètre dans une cabine téléphonique extérieure après avoir accroché la laisse de son cador à la grille d'un arbre voisin.

Tandis qu'il tube, dos à nous, je prie Thérésa de stopper à la hauteur de la cabine. Je descends, referme ma portière et ouvre celle de derrière, côté trottoir.

— T'as encore des projets ? ricane ma consœur. Je croyais que t'avais raccroché ?

Je lui envoie un baiser du bout des doigts et vais me planter à côté de la cabine comme un futur usager qui attend son tour. Le gars parle en anglais. Un anglais laborieux. Il est en train de raconter ma visite au consulat général d'Albanie et mes questions à propos des plaques de la voiture.

Un hymne entièrement interprété au luth à pédale emplit mon cœur.

« Grâce à l'amour ! me dis-je. Si Thérésa ne s'était pas mise à me prodiguer cette admirable gâterie, nous serions partis et je n'aurais pas vu le chafouin... Merci, Cupidon ! »

Le déclic de l'appareil raccroché. L'homme pousse la porte d'un coup d'épaule. Il ne m'a pas encore vu. Je me baisse pour faire mine de relacer mon mocassin. Et vlaouf ! Un coup de poing dans les bijoux de famille. Il a un cri interrompu par l'intensité de la douleur. Alors je le gaufre par le col et le pousse vers l'auto. Il titube. Malgré sa souffrance, il cherche à regimber. Une manchette sur la nuque le ramollit.

Pendant ce temps, le berger issu de germain aboie en toute férocité. Il doit être dressé comme un ordinateur, cézigue, et j'aurais déjà sa panoplie de crocs dans les miches si son maître n'avait eu la bonne idée de l'attacher.

En voiture, Simone !

Je claque la portière. Thérésa décarre. Trois personnes qui ont assisté au rapt nous regardent avec un intérêt timide. Je leur montre ma carte de police à travers la vitre pour leur permettre de retrouver leur sérénité. Ne jamais perturber les âmes pures !

Le cador tire tant tellement sur la grille corsetant l'arbre qu'il va finir par l'arracher. Ensuite, il n'aura plus qu'à arracher l'arbre et il aura retrouvé la liberté.

— Maison Pébroque ? demande Thérésa.

— Non, ma gosse : rue Gaston-Debois.

Je lis sa surprise dans le rétroviseur.

— L'ambiance y est meilleure, j'ajoute !

Pour avoir l'esprit tranquille, je passe les poussettes au chafouin. Puis je le soulage de la pétoire qui gonfle sa poche intérieure gauche. Après quoi je me mets à chantonner un ancien, mais très joli succès de Françoise Hardy qui dit comme ça que « c'est à l'amour *auquel* je pense » (à l'amour dont au sujet de laquelle elle nous avait causé, bien entendu).

Cette baraque de chiasse, avec son gros bouddha boudeur de l'entrée et ses trois cercueils frigorifiques du sous-sol, je commence à en prendre l'habitude. Bientôt, je finirai par m'y sentir chez moi et j'y amènerai mes pantoufles.

On dévale jusqu'à la crypte (c'est ainsi que j'ai surnommé la cave recelant les deux dames mortes). Qui sont-elles ? Qu'attendent-elles ? C'est vraiment peu banal, t'admets ? Moi, ces gens du K.K. Boû Din, je les trouve pas croyables. Jamais eu affaire à une organisation de ce genre, à ce point ramifiée. C'est un arbre dont les rameaux poussent dans tous les sens.

Je vais soulever les trois couvercles et invite mister chafouin à contempler le paysage.

— Elles sont belles, n'est-ce pas ?

Il ne bronche pas lulure.

— A propos, vous parlez français ? Sinon, on s'expliquera en anglais. Ne me dites pas que vous ne connaissez pas non plus cette langue, j'ai entendu votre conversation dans la cabine.

Le chafouin, faudrait peut-être, par correction d'auteur, que je t'en casse un peu plus sur lui. Il est grand, avec une tignasse roux foncé ébouriffée, le teint cuivré, les yeux clairs, de grosses lèvres négroïdes, des joues pas rasées de près et un air qu'on le fait chier à ne plus en pouvoir, comme dirait le Gravos (pardon : Môssieur le Ministre !).

In petto, je m'offre une partie de déprime. « Encore un interrogatoire ! me dis-je. Encore des pressions morales et physiques à exercer sur un type pour l'obliger à dire ce que je veux savoir. » Il a envie de vomir, l'Antonio, d'un tel micmac ! De crier pouce ! De tout plaquer pour s'en rentrer chez sa vieille. Elle devra me confectionner un gratin de cardons, m'man. Avec un rôti de veau tout simple. Et puis je voudrais m'allonger tout habillé contre Marie-Marie... Et puis regarder n'importe quoi à la télé... Et puis aller chercher une bouteille à la cave. Mais une bouteille de quoi ? Mon Château Chalon commence à se madériser. Et puis...

Bon, puisque te voilà à pied d'œuvre, pauvre Pierrot Lunaire, vas-y !

— Vous parlez français ?

— Oui.

— A qui avez-vous téléphoné, à l'instant ?

— A ma sœur.

Je lui tire une droite en boulet de canon à l'endroit où Mazarin portait la mouche. Ça me le digue-digue séance tenante. Un k.-o. très sec.

— Biche-le par les pieds, Thérésa !

Elle a pigé. On soulève le chafouin et on le dépose dans le cercueil vide. Il revient à nous instantanément. Le froid l'empare.

— Si tu ne parles pas, je rabats le couvercle et on s'en va ! Fais vite, tu vas perdre conscience.

Comme il paraît encore hésiter, je boucle le cercueil. Mais avant que le couvercle ne soit complètement fermé, il hurle :

— Nnnnnnnaoooooonnnn !

Ce qui, selon moi, doit signifier « non ».

— Tu m'as parlé ? lui demandé-je en rouvrant le frigo.

TWELFTH

Tu vois, ce qui rend notre planète toute petite, c'est pas seulement la rapidité des moyens de locomotion, mais le fait que le même texte puisse s'imprimer simultanément dans le monde entier. Qu'il fasse jour ou nuit, les cinq continents reçoivent dans l'instant toutes les informations essentielles à la marche de notre boule de merde. Les jolis appareils Reuter répercutent les cours des marchés à Tokyo, Londres et New York, si bien qu'il n'existe plus qu'une seule Bourse hydre où l'on foire-d'empoigne à tout va.

J'explique tout ça à ma chauffeuse, tandis qu'on s'éloigne de Paname par l'autoroute de l'Ouest. C'est venu des confidences du chafouin (dans ses bottes). Pour un subalterne albanais, il en sait des choses sur l'organisation secrète japonaise, l'artiste ! Que justement, il nous a expliqué que l'infrastructure est japonaise, mais que sinon, c'est international et que ça fonctionne partout, aussi bien à Moscou qu'à Sydney, au Cap qu'à Buenos Aires, à Marseille qu'au Caire. C'est la Bourse du Crime ; une connivence planétaire fonctionnant dans l'ombre. D'ailleurs, en japonais ancien, K.K. Boû Din signifie « Dragon de feu » ; j'espère que tu ne l'as pas oublié malgré que je ne te l'aie pas encore dit. Et ce foutu dragon le pète, le feu !

Diabolique, il planque ses têtes pensantes dans des

jobs plus que modestes. Ainsi, le chafouin qui est *première langue de velours* dans la section européenne accomplit-il d'obscures fonctions grouillottes dans un consulat confidentiel.

C'est lui qui s'occupe de la locomotion des membres chargés des actions. Il procède au dispatchinge des voitures et son astuce consiste à brouiller les pistes éventuelles en équipant les automobiles des uns avec les plaques des autres.

Il nous a appris que le chef du K.K. Boû Din pour l'Europe occidentale est un nouvel élu dont on ne connaît pas l'identité et encore moins les points de chute, naturellement. Il a été nommé par le *Grand lotus à tabac* de Yokohama. La marque de son investiture est une montre dont le bracelet d'or est soudé afin de ne pouvoir quitter le poignet de l'élu. Le bijou est classique et n'attire pas l'attention. Mais, lorsque son possesseur fait basculer le cadran mobile, il s'en dégage un rayon laser capable de couper un homme en deux et de sectionner aussi aisément une barre de fer.

Moi, me connaissant comme je te connais, tu penses que je lui ai demandé, au chafouin, la manière de pouvoir rencontrer ce grand chef. Il chiquait à l'ignorance absolue. Au grand mystère insondable. Y a fallu qu'on le replace dans le cercueil pour qu'il se décide. Et encore il est parvenu à tenir trois secondes deux dixièmes à moins cent cinquante degrés avant de craquer, si je puis dire.

Ce qu'il m'a bonni, c'est sous toutes réserves, comme disent les Indiens. Selon un de ses alter ego du K.K. Boû Din, qui le tient lui-même d'une Japonaise appartenant à l'Organisation, le P.-D.G. se déplacerait dans un fourgon blindé et banalisé. Le véhicule serait aménagé en un délicat studio mobile où le grand chef européen séjournerait durant des heures, des jours parfois sans en sortir. Le fourgon disposerait de la radio, du téléphone, de défenses sophistiquées et d'un confort inouï par rapport à son exiguïté. La Japonouille a confié à l'alter ego, qui l'a confié au chafouin, de qui je le tiens, que l'homme mystérieux se fait placer sur un parking d'hostellerie, par exemple, ou devant un immeuble. Et il passera là jusqu'à quarante-huit heures consécutives, seul dans le fourgon.

Après chaque séjour, le fourgon est modifié. Une équipe spécialisée le déplace d'un châssis sur un autre ou bien le repeint. La transformation s'opère chez un carrossier des Yvelines, un dénommé Rondouille.

Est-il besoin de te dire que c'est chez ce personnage que nous nous rendons... *sous toutes réserves ?*

— On fait une petite halte au prochain parking ? propose Thérésa. N'oublie pas que nous ne sommes pas allés jusqu'au bout de notre propos, tout à l'heure.

Je caresse sa cuisse droite avec amitié.

— Je serai à ta complète disposition plus tard, ma grande ; pour le moment, c'est l'hallali.

Elle sourit et me jette un rapide regard.

— Et tu prétendais vouloir décramponner ! C'est pas ton genre : tu es beau comme le succès, commissaire de rêve !

— Merci.

Elle renonce à l'amour, mais branche de la musique. Vivaldi. C'est gouleyant dans les trompes. L'autoroute est presque déserte. La campagne étincelle sous un beau soleil que j'espère d'Austerlitz (gare !). Ma fatigue s'en est allée et me voici plein de fougue, d'énergie, d'espoir. Je me dis : « Et si, malgré l'importance de cette organisation, je parvenais à mes fins ? C'est-à-dire à retrouver l'ogive au président ? » On rêve. « Rêvons, rêvasse, mets ton c... sur ma face », comme le disait avec tant d'humour la chère Françoise d'Aubigné, qui devait devenir tour à tour, Mme de Maintenon, Mme Scarron et Mme Quatorze.

Une sorte de terrain vague pas si vague que ça. Côté route, il y a une maisonnette coconne sur laquelle est écrit « Charles-Joseph Rondouille », Carrosserie. A l'autre extrémité, un grand hangar-atelier. Entre les deux constructions, des épaves de voitures, et puis des volailles qui picorent et pattounent dans la bouillasse.

La lumière gerbante d'un arc à souder illumine le hangar dans les tons bleus. Ça fait plein d'étincelles : feu d'artifice miniature.

Un gros zig avec un casque de soudeur, vêtu d'une combinaison bleue, graisseuse, serrée à l'emplacement de la taille (car il n'en a plus depuis des décennies) par une large ceinture de cuir, s'active sur une Rolls blanche. Un grand malingre albinos l'assiste.

Je descends de la CX pour aller interviewer le tandem. Le gars Rondouille, tout à sa soudure, met du temps à me constater.

Il ne se presse pas de m'intervenir, mister Rondouille. Le Dragon de feu, ce serait plutôt lui, présentement, avec son bec qui en balance cinquante centimètres !

Le taré qui lui passe les outils me défrime à la dérobée. Il se paie une tronche à jouer le rôle du demeuré dans du Steinbeck. Comme il paraît inoccupé pour un temps, je lui fais signe d'approcher.

Il obéit, l'air de plus en plus anxieux.

Because le lance-flammes qui ronfle, je dois pousser le ton pour me faire auditionner.

— Salut, lui dis-je. Le fourgon est venu se faire arranger, ces jours ?

L'air très « in », mézigue, avec une autorité, un mordant que je regrette de pas jacter devant une glace, ce qui me permettrait de m'admirer.

— Ouais, ouais, hier, il me répond, subjugué.

— Il ressemble à quoi, maintenant ?

Il se marre.

— Lustucru !

— Au poil. Maintenant, si j'ai un conseil à te donner, dis pas à ton patron que tu me l'as appris, ça pourrait te mettre en panne de santé, mon grand.

Le rugissement continu du bec à souder cesse. Ouf pour mes portugaises ! Le taulier, ou le tôlier, relève son casque vitré. Il a une bouille antipathique pour un gros. Des yeux de goret et une expression tortionnaire, moi je trouve. Il t'arroserait la gueule de son lance-flammes sans que ça fasse un pli.

— Qu'est-ce qu'il veut ? demande-t-il à son grand glandeur au lieu de s'adresser directo à moi, ce qui, conviens, est plutôt mal élevé.

L'autre ouvre déjà sa clape pour une connerie, mais je le prends de vitesse :

— Je lui demandais où se trouvait l'Agence Citroën la plus proche : on est en bisbille avec notre carburateur. Comme vous êtes carrossier, vous devez savoir ça, non ?

— Faut aller à Mantes-la-Jolie.

— Je sais pas si ma CX sera d'accord, je ronchonne. Enfin, je vais me débrouiller.

Et je file après un clin d'œil complice à l'albinos. Le soudeur ressoude, à l'inverse du bicarbonate qui, lui, dessoude.

Ils sont serviables, chez Lustucru. Eux autres, tu les connais ? Les œufs fêlés de Germaine, ils les lui carrent dans l'oigne ; mais à part ça, outre leurs pâtes aux z'œufs frais, ils font des pieds et des mains pour t'être utiles.

En moins de jouge, ils me fournissent la liste complète de leur parc automobile ainsi que la position approximative de tous leurs camions au cours de cette journée. Fort de ces renseignements, je déclenche le plan Pattemouille, sur l'ordre exprès, ferme et définitif de M. le président de la Raie biblique.

Dans l'heure qui suit, six mille policiers, trois mille

huit cent trente-deux gendarmes, huit cents contractuelles, mille six cent onze gardes champêtres, douze mille C.R.S., deux compagnies d'artillerie de marine, six bataillons de chasseurs alpins, cinquante pour cent des S.R., treize cent quarante douaniers et deux mille cinquante postiers bénévoles se mettent en quête d'un fourgon Lustucru. Dix-huit lignes téléphoniques sont bloquées pour recueillir leurs appels. Une équipe de vingt secrétaires diplômées collationne les numéros. Mon but, tu l'auras pressenti, je gage : découvrir sur le territoire un fourgon Lustucru dont l'immatriculation ne figurera pas sur la liste que nous a remise cette illustre maison qui préfère couper les nouilles au sécateur, plutôt que de couper les couilles au sénateur.

Et la tante commence, comme on disait chez Mme Arthur. Une ambiance effrénée, kif celle d'S.V.P. les soirs de grande émission publique quand la tévé fait semblant de laisser la parole aux cons.

Pendant ce déploiement, je prends un peu de repos dans un burlingue voisin. J'ai posé mes lattes et les nougats en éventail sur le sous-main en cuir artificiel véritable, et me laisse dodeliner.

Tu crois que je roupille? Tiens, smoke! Trop phosphorant du bulbe, ton Tonio, l'ami! J'essaie de récapituler. De piger. Ce nouveau P.-D.G. du K.K. Boû Din qui se déplace dans un fourgon banalisé, qui stationne des heures, voire des jours, sur un parking ou dans une rue sans quitter sa prison camouflée, ça veut dire quoi? Que fiche-t-il, le nouvel élu, dans son cube de luxe?

J'ai beau tenter de défricher le mystère, le point d'interrogation continue de se dresser dans mon cerveau, luisant comme de l'acajou. J'évasive de plus en plus de la pensarde.

— Monsieur le commissaire!

Mes petons choient du bureau et je banque masculer en avant. La secrétaire qui vient d'entrer, avec son beau sourire et son cul cordial, me vape d'un regard tout bleu.

— Moui qu'donc ? coassé-je.

— On a trouvé ce que vous cherchiez.

Elle me présente une feuille de bloc.

— Cette immatriculation n'appartient pas à Lustucru. Le fourgon qu'elle concerne est stationné à Deauville, près du *Grand Hôtel Carabosse* depuis midi.

Le cœur me fait battre la joie, à moins que ce ne soit le contraire.

— Approchez-vous davantage, mon enfant ! conseillé-je à l'annonceuse de bonne nouvelle.

Elle fait le pas supplémentaire qui la met à portée de main. Je coule ma dextre sous sa jupe et remonte langoureusement son entrejambe. Je dois tirer sur sa vacherie de collants pour pouvoir escalader celui-ci et poursuivre ma marche triomphale jusqu'à son arc de triomphe. Je dépose un gratouillis mutin sur son poilu inconnu.

— Vous l'avez bien mérité, mon petit cœur, assuré-je. N'oubliez pas de me téléphoner demain matin, chez moi. J'ai deux places pour l'*Hôtel de La Papouille Bleue,* ce serait dommage de les laisser perdre. Maintenant, prévenez le pilote de l'hélico qu'on va décoller dans un quart d'heure.

C'est la môme Thérésa qui me drive jusqu'à l'héliport. Sa tire possédant tous les gadgets, elle comporte également, pour les urgences, un gyrophare et une sirène déblayeuse de glandeurs.

Ces petits perfectionnements (sur option seulement), joints au coup de volant de mon amazone, permettent de réaliser une jolie prouesse. Moins d'une demi-plombe après la découverte du fourgon « de trop », nous sommes dans les airs, Thérésa et moi, à bord d'une Alouette Anouilh à circonvolution biflexe.

Le ciel est de plus en plus bleu. Mon âme également.

— Vous l'apercevez, là-bas, sous le lampadaire? me demande le commissaire Judemoule.

Je fais mieux que l'apercevoir. Grâce à mes lunettes d'approche, je le vois comme je vois une tête de nœud lorsque je te contemple. Cher père Lustucru, toujours sur la brèche. Il ne tente pas les curés fernandéliens, lui. Oh! que non! C'est pas un corrupteur, Dieu n'a rien à lui reprocher. Il peut rire à l'aise, le cher homme; sa conscience est aussi fraîche que ses œufs. Et cette vieille peau de Germaine qui tentait de lui en refiler un douteux! Mais t'as vu le comment qu'il a l'œil, m'sieur Lustucru? Et calmos, sans se fâcher : « Pas de ça, Lisette (Germaine). Chez nous autres, les Lustucru's *friends,* on marne dans le surchoix, le plus que parfait! On travaille pas pour les curetons. On engraisse la vraie véritable élite, nous autres! »

— Vous le surveillez depuis que vous l'avez repéré?

— Si fait, mon cher.

Son cher hoche sa sublime tête de penseur décompensé.

— Avec toutes les précautions requises pour ne pas être repérés de lui?

Judemoule se vexe. Les provinciaux, un gars de Pantruche s'amène, illico ils se changent en hérissons.

— Ecoutez, collègue, faites le tour de l'esplanade, et si vous repérez nos « anges gardiens », je vous paie des filets de sole normands.

— Inutile de me faire remarquer en arpentant l'esplanade, mon bon, vos gars se trouvent dans la fourgonnette des P.T.T. rangée sur le bord de mer.

Judemoule démarre un ictère si j'en crois son teint jaunassu.

— Vous, vous êtes du métier, plaide-t-il.

— C'est vrai, admets-je; seulement le mec qui séjourne là-dedans est du sien! Où est passé le chauffeur du fourgon?

— Il est descendu à l'*Hôtel de la Capote britannique,* à deux rues d'ici.

— Preuve que mon M. Mystère compte séjourner.

— Probable.

Thérésa sifflote entre ses dents, à l'arrière de la Pigeot de mon confrère.

— Vous passez à l'attaque ou on se fait cuire un bœuf mode ? me demande-t-elle brusquement.

Je reprends à mon compte son sifflotement interrompu. C'est l'indicatif d'une émission dont j'ai oublié le titre.

Une minute mélodique s'écoule. Et voilà ton Superbe qui frappe sa dextre de son gauche.

— On attaque, ma poule ! Et ça va être du jamais vu. Je peux user de votre téléphone, Judemoule ?

— Evidemment.

Je décroche et demande qu'on me passe dare-dare le commissaire du peuple en fonction dans le secteur. Ayant l'homme en ligne, j'y explique que je travaille mandaté directement par le chef de l'Etat, sous sa pleine et entière responsabilité.

Je lui annonce le numéro de code pour qu'il puisse vérifier. Ensuite, je lui conseille de s'armer d'un papier et d'une pointe Bic car il va devoir noter pas mal de choses.

THE END

Ça a commencé par un vélomotocycliste qui, au passage, a glissé un talkie-walkie dans notre voiture. Pointal aligne.

Qu'ensuite, une chignole de style jeep rouillée, portant un écriteau sur le ventre « CONVOI EXCEPTIONNEL », s'est pointée...

Précédant un formide camion à dix-huit roues sur la plate-forme duquel est érigée une grue de vingt tonnes.

Pointala ligne.

La voiture pilote a dû stopper dix mètres après avoir dépassé le faux fourgon Lustucru en stationnement, because un vélomotocycliste a fait une chute au beau milieu de la chaussée. Et il a dû se faire bougrement mal, le pauvre homme, car il gît sans connaissance sous son engin. Des badauds s'empressent. Un cercle se forme. Un agent radine.

Le camion-grue est donc arrêté au niveau du fourgon Lustucru ; tu me suis toujours malgré qu'on soit bloqués ? Parfait !

Lentement l'énorme mâchoire de la grue descend vers le fourgon, en béant des mâchoires. Depuis mon poste d'observation, je dirige la manœuvre.

— Tu m'entends bien, fiston ? je lance au grutier.

— Je vous reçois cinq sur cinq.

— Bravo. Alors ouvre grandes tes cages à miel. Il y

a tout un bouzin dans ce fourgon : des armes puissantes, des gadgets rares et surtout un homme rusé capable du pire. Je veux que tu cueilles le véhicule par le capot et que tu le soulèves aussi vite et aussi haut qu'il sera possible. L'homme reposera sur les portes arrière qui seront devenues son nouveau plancher. Il ne pourra donc plus manipuler son arsenal, ou en tout cas, pas commodément, tu piges ?

— Cinq sur cinq ! affirme le grutier.

— Evite les fausses manœuvres si tu peux ; la réussite est subordonnée à ta rapidité d'exécution.

— On va tâcher de moyenner.

Tu l'auras remarqué, et sinon je n'en ferai pas une maladie de croissance, mais beaucoup de connards se laissent pousser un minable collier de barbe pour que leur sottise soit plus évidente, plus voyante. Mon confrère Judemoule a observé scrupuleusement cette règle d'or. Sa barbe a l'air d'être tressée avec des fils de fer barbelés. A travers, on découvre une peau brique ponctuée de plaques d'eczéma assez gracieuses, dont l'une a la forme de la Nouvelle-Calédonie. Une vilaine grimace de jalousie tord sa bouche harmonieuse comme un sexe de jument et déforme ses traits. Je l'insupporte. Mon ingérence sur son territoire le fait grincer des molaires et lâcher de menus pets incontrôlables.

— C'est du cirque ! il dit. Du cirque !

— Assez, conviens-je, mais du vrai, du Barnum !

Et, au grutier :

— Tu vas pouvoir assurer la prise, fiston ?

— Cinq sur cinq ! Seulement après, faudra faire réviser le moteur et le train avant du véhicule.

— Te caille pas la laitance, il est assuré tous risques.

A présent, on ne moufte plus. On regarde l'immense mâchoire de la grue, prête à bouffer sa proie.

Le camarade grutier, chapeau ! Un orfèvre ! Te

manie son engin comme la colonelle Duron une pince à sucre. Les énormes serres planent comme un gerfaut au-dessus du capot. Et puis c'est le piqué définitif : Blooooc !

Dans son logement roulant, le P.-D.G. doit se demander ce qui lui arrive. Va-t-il sortir ? Je me tiens paré pour une manœuvre en catastrophe. Mais le câble de traction se tend déjà et le fourgon Lustucru commence à se dresser sur ses pattes arrière. S'il s'agissait d'un vrai et qu'il contienne des œufs, ma pauvre Germaine, quelle omelette !

Du coup, personne ne s'intéresse plus au vélomotocycliste accidenté, lequel en profite pour tailler la route discrétos. La foule regarde cette grue tenant dans son bec un fourgon bleu à pois blancs. S'il y a un type à l'intérieur, il doit être fait comme un rat car il repose sur les deux portes arrière et de ce fait, ne peut les ouvrir. Le fourgon se balance mollement à cinq six mètres du sol. La foule agglutine (s') de plus en plus. Les gens se demandent à quoi rime une pareille manœuvre.

Moi, je suis descendu de bagnole et, mon talkie-walkie devant la bouche, je continue de battre la mesure de l'étrange concert.

— Impec, fiston ! C'est pas du cinq sur cinq, mais du vingt sur vingt. Maintenant, tu t'arranges pour déposer le fourgon près de toi, sur ta plate-forme. Toujours à la verticale, mon grand, de manière à ce que ses portes restent condamnées.

— C'est parti !

Je suis la manœuvre avec intérêt. Une intense jubilation me frémit les bourses. Des instants pareils, ça me met en érection. Peut-être que je vais subir une déconvenue cuisante en ne trouvant personne dans cette grosse tirelire, mais peut-être que non. Si le chafouin s'est allongé franco, le P.-D.G. du K.K. Boû Din-Europe libérale est là-dedans. Tu juges d'un triomphe pour ma pomme ? Ah ! si le cher président pouvait assister à l'ouverture de ce coffre-appartement, ça le remettrait de ses sondages à la crème de faillite ! Il requinquerait à bloc, notre Tino des prises d'armes !

— Ohé, commissaire ! m'hèle une voix féminine.

Je tourne la tête vers la haie de spectateurs et je découvre tu sais qui ? Diana Van Trilöck, la fille de Karol le Pieux. Elle est avec sa bande de parasites, plus belle, blonde et dorée que jamais, éblouissante dans une espèce de survêtement rose-praline.

— C'est vous qui faites joujou ? demande-t-elle en s'esclaffant (elle parle couramment cette langue).

Je lui adresse un geste cordial. Mais ça grenouille vilain dans l'arrière-salle de mon cervelet. La présence de la ravissante fille sur les lieux de cette étrange arrestation me souffle littéralement. Tout de suite, le flic émérite qu'*I am* pense « il ne peut s'agir d'une coïncidence ». Diana continue de mener sa vie futile de riche héritière désœuvrée en compagnie de ses pieds-nickelés qu'elle doit rincer à tout va.

Seulement elle représente des intérêts élevés et on la surveille. Non, ce ne serait pas le grand chef du K.K.Boû Din qui se chargerait personnellement d'une telle surveillance. D'ailleurs, guetter depuis un fourgon immobilisé sur un parking n'est guère efficace au plan du rendement. Alors ?

Elle s'approche de moi, ses seins bien dressés.

— C'est indiscret de vous demander ce que vous faites ? me demande-t-elle en serrant ma main.

— Top secret, Diana.

— Je pensais que vous reviendriez me voir...

— Pas eu le temps, mais le cœur y est !

Là-bas, le fourgon est posé sur le plateau du camion, les roues en pattes de chien faisant le beau.

— Et à présent, commissaire ? demande le grutier dans l'appareil.

— En route, vous retournez à votre point de départ, je vous suis.

— Bien reçu, cinq sur cinq ! se gargarise le technicien haut de gamme (il t'arracherait un poil de cul avec son appareil, cézig).

— Je vais devoir vous quitter, dis-je à la jolie frivole ; il y a longtemps que vous séjournez à Deauville ?

— Nous sommes arrivés hier.

— Où êtes-vous descendue ?

— A l'hôtel, là...

— Ça boume, la vie ?

— C'est creux ; vous devriez venir faire un tour dans la mienne, je suis certaine que vous y prendriez plaisir.

Et c'est à cet instant, pile, que l'idée me chope.

— Vous voulez bien m'accompagner, Diana ? Vous auriez droit à des émotions. Avec moi, c'est comme aux Galeries Lafayette : il se passe toujours quelque chose.

— Chiche !

Une gosse ! La voilà toute joyce. Elle se tourne vers ses glandeurs.

— On se retrouve plus tard ! leur crie-t-elle.

Et elle monte à l'arrière de notre voiture dont je lui ai ouvert la portière.

Thérésa est un peu surprise par cette initiative.

— Je vous présente Diana Van Trilöck ! lui annoncé-je.

La bouille qu'elle fait alors ressemble à un portrait de Jérôme Bosch.

C'est une grande cour d'usine mal pavée, avec des creux, des bosses, des flaques d'eau noire. Dans le fond, y a des bâtiments de briques couverts de verrières en dents de scie. De lourds véhicules destinés aux gros travaux publics sont remisés à la diable.

Curieuse partie qui se joue là. Le camion-grue stationne au centre de la cour. Une vingtaine de gendarmes armés de mitraillettes l'entourent, tous ont mis un genou en terre et coiffé leur casque d'assaut.

— Remets le fourgon sur ses pattes, fiston ! enjoins-je au grutier.

La nouvelle manœuvre s'opère dans un silence épais troublé par les couinements de la grue en activité. Thérésa et Diana se tiennent adossées à la voiture du commissaire Judemoule. Je les trouve fragilisées par l'importance de l'opération. Même ma consœur n'a plus l'air d'une amazone. C'est une belle gosse, drue et saine, légèrement cheftaine scout sur les bords. Judemoule est surexcité comme cent puces en rut. Il va et vient en faisant sonner ses talons sur les méchants pavetons.

— Si vous voulez bien, mon cher, me dit-il comme s'il me traitait d'emmanché, avec le même ton et le regard adéquat, c'est moi qui assume l'arrestation du type car nous sommes dans mon...

— Mais oui, mais comment donc, l'interromps-je ; faites, mon bon, faites...

Il marche droit au fourgon posé derrière le camion-grue et martèle du poing la carrosserie.

— Sortez de là ! hurle-t-il, je sais que vous m'entendez. Vous êtes cerné et n'avez aucune chance de vous échapper car un cordon de gendarmes en armes vous cernent. Allons, ouvrez !

Rien ne se produit. Mon guignolet cogne dans ma cage à m'en démanteler les cerceaux. Le fourgon serait-il vide ? Aurais-je entrepris tout ce circus pour la peau ? Pour lors, j'aurais l'air d'un sacré branque !

— Si vous n'ouvrez pas, je fais découper la carrosserie au chalumeau, je vous préviens !

Que dale !

Moi j'attends, à l'écart, assis sur le pare-chocs de la voiture à Judemoule. Puisqu'il veut faire du zèle, le copain, qu'il en fasse !

Il commence à passer pour un con en peluche, Juju. Un barbichu qui trépigne devant une porte close en ordonnant qu'on la lui ouvre, il occupe une position pas tenable si elle reste fermée.

Changeant de tactique, il va au grutier et se met à parlementer avec lui ; je n'entends pas ce qu'ils se disent. A la fin de l'entretien, mon pote « Cinq sur cinq » regrimpe à son poste et se remet à manœuvrer son bouzin. Je pige vite. Judemoule lui a ordonné de défoncer le coffrage du fourgon avec les mâchoires de l'engin.

Le blindage du fourgon pourra-t-il résister à la formidable pression ? Je ne le pense pas. Et, en effet, un bruit d'horrible mastication s'opère. L'acier mangeant l'acier ! D'énormes cavités se forent dans le coffrage du fourgon. Ça craque avec un bruit de navire éperonné par un récif. Des brèches se forment.

— Stop ! crie Judemoule.

Les serres de la grue s'écartent, dociles. En se retirant du fourgon blessé, elles provoquent un fracas de tôle meurtrie plus fort qu'en broyant.

Le commissaire se précipite sur la plus forte béanture.

— Rendez-vous ! Vous...

Il se tait.

Normal.

On ne peut pas parler sans tête. Et sa tronche vient d'être volatilisée, barbe comprise, par un rayon laser qui a jailli de l'orifice. Ce qui reste du bonhomme représente les six septièmes de son volume initial.

Mes compagnes s'évanouissent en apercevant ce corps détété, et plus d'un gendarme se met à gerber.

Je devrais être terrifié par ce drame ; seulement je

suis un enfoiré de poulet de merde et tu veux que je je dise ce qu'est ma réaction ? La joie ! La joie âcre, enivrante, plus forte que la plus forte des gnoles du triomphe !

Gagné, Sana ! Le fauve est bel et bien dans sa cage.

Mais comment l'en déloger. Comment en avoir raison ?

Ne brusque rien, Antoine. Réfléchis comme si tu étais dans ton plumard avec les bras sous la nuque, mon grand.

Bon, il est évident qu'il est à nous. Qu'il suffit d'attendre...

Mais attendre, il n'en est pas question.

Alors un tireur d'élite balance une cartouche de gaz par l'une des brèches. Il est outillé, le monsieur. Il doit disposer de masques spéciaux. Et puis, je gage qu'il a d'autres armes encore plus terrifiantes que son rayon laser, signe de son grade. On ne va pas monter la chose au paroxysme de l'actualité, rameuter les media, rassembler les foules, provoquer encore des morts à grand spectacle.

Réfléchis ! Réfléchis !

Ordinairement, mon instinct opère en marge de ma pensée. Il pige avant mon cerveau. Qu'est-ce qu'il branle, ce soir ?

Je m'asbstraque. Je chante. Tino, tiens... Qui ressemblait tant au président :

Loin des guitares
Au chant si doux
Oui, oui, oui...

De toute beauté. Génial, le « oui, oui, oui ».

Et l'Antonio se dresse. Il marche à Diana, lui enserre la taille et la soulève du sol. Elle pantelle. Ce qu'elle doit regretter de m'avoir suivi, d'avoir moulé effrontément Sylvain, Matthieu, Gaëtan, Barbara et les autres truffes.

Tout en la tenant devant moi, je me dirige vers le fourgon.

Un « ooooh » réprobateur passe sur le cercle des gendarmes. Ce commissaire qui utilise une jeune fille comme bouclier, quelle ignominie ! Comme il déshonore la poulaille !

— Puisque vous pouvez regarder à l'extérieur, jetez un coup d'œil par ici, monsieur le chef du K.K.Boû Din ! j'égosille. Et si le cœur vous dit d'user de votre laser, ne vous gênez pas !

J'avance. Diana essaie de se dégager, mais je la presse contre moi à l'étouffer et elle est si neutralisée par la peur qu'elle n'a guère à opposer que son poids.

— Rendez-vous, big boss ! L'heure des règlements de comptes a sonné.

Une explosion me répond. Un court moment, c'est l'Apocalypse. Des flammes, de la fumée noire, jaillissent des trous percés dans le fourgon. Il semble avoir rétréci comme si une fabuleuse succion s'était opérée de l'intérieur. Ses parois semblent converger vers son centre.

— Merde, me dis-je, car je ne prends pas de gants avec moi : ce con s'est fait désintégrer dans son studio roulant !

A TOUTE FIN UTILE

— Je crois me rappeler que, ce matin, tu avais entrepris une action délicieuse contre moi, darling, je dis-je à Thérésa.

Elle sourit.

Nous sommes enfin seuls dans sa bagnole après toute cette monstre bastringuée de Deauville. L'Alouette nous a ramenés à Paris et nous voici, fourbus, claquant des chailles dans sa voiture-salon.

— D'accord, mais de même qu'on ne parle pas la bouche pleine, on n'écoute pas non plus la bouche pleine. Donne-moi des explications à présent que nous voici libérés des autres.

— J'ai des illuminations, quelquefois, ma jolie. Lorsque pour l'enlèvement du fourgon, devant le palace, j'ai vu Diana Van Trilöck, j'ai pigé que c'était à cause d'elle qu'il se trouvait là. Mais je n'arrivais pas à en comprendre la raison. Le K.K. Boû Din avait les moyens de la surveiller plus étroitement que depuis un véhicule stationné devant son hôtel.

— Sûrement. Alors ?

— J'ai compris dans la cour de l'usine, après la décapitation de notre pauvre collègue. La lumière !

— Tu as compris quoi, grand chef génial ?

— Que l'homme enfermé dans ce putain de fourgon ne voulait pas la surveiller, mais seulement la voir.

— La voir ?

— Oui, Thérésa, la voir, la regarder. Et probablement pleurer en l'apercevant, parce que cet homme-là l'aimait. Seulement, à cause de sa position extrême au sein de son organisation, il ne pouvait plus se montrer à elle. Il était prisonnier de sa fonction secrète. Alors, il allait se poster près des lieux où elle résidait et son bonheur consistait à la regarder passer en compagnie de ses petits minus.

— Quel homme peut aimer à ce point ?

— Un père, ma chérie. Un père... Pour assurer son commandement, Van Trilöck devait disparaître, faire croire à sa mort. Tout a donc été minutieusement organisé et mis au point pour accréditer sa disparition. On a engagé Amadeus, tueur à gages atteint d'un cancer, et on a dû le payer grassement pour obtenir qu'il fasse un jour les déclarations qu'il m'a faites. Il avait probablement dans sa vie quelqu'un qu'il chérissait, lui aussi. Tout le monde ici-bas a son talon d'Achille, sa petite fenêtre éclairée sur un être ou un idéal. Le forban m'a joué la comédie. Avant la mise en eau du barrage, on avait planqué les godasses de Karol le Pieux pour le cas où l'on parviendrait à visiter ces profondeurs. Chapeau !

— Et il s'est désintégré quand tu t'es avancé vers le fourgon.

— Il n'a pas voulu que sa fille le retrouve pour le perdre aussitôt. Ou peut-être a-t-il agi afin d'obéir aux règles du K.K. Boû Din, qui sait...

— Tu n'as rien dit à la môme ?

— Non, car je me fais une certaine idée de certaines valeurs. Mon côté abbé Pierre...

— Et ta fameuse ogive, malin ?

— Mon petit doigt me dit qu'elle est peut-être tout bonnement restée dans les affaires du Pieux. Pour en avoir le cœur net, j'irai opérer une inspection en règle à Saint-Trop'.

— Et tu en profiteras pour faire du gringue à cette pécore, bien sûr !

— Qu'est-ce que tu vas chercher, idiote. Je ne mêle jamais l'amour avec le travail.

— Ah ! oui, ricane Thérésa en me déballant Popaul. Et ça ?

— Sauf en cas de bandaison majeure, rectifié-je avant qu'elle ne se mette à me tutoyer le sensoriel.

-OUF-

-FIN-

Achevé d'imprimer le 19 avril 1985
sur les presses de l'Imprimerie Bussière
à Saint-Amand (Cher)

— N° d'impression : 771. —
Dépôt légal : juin 1985
Imprimé en France

PUBLICATION MENSUELLE